W0361692

Maria Forster * YISS

YISS

Eine fantastische Geschichte

von Maria Forster

Wolfgang Hager Verlag

Maria Forster
YISS
Eine fantastische Geschichte

Die Rechte der Abbildung in diesem Buch sind bei Maria Forster.

Copyright 2008 by Wolfgang Hager Verlag
A-8852 Stolzalpe 70

ISBN 978-3-900578-88-6

Kapitel 1

Eine fantastische Begegnung während eines Gewitters

Max ist ein aufgeschlossener Junge. Er ist sieben Jahre alt und lebt mit seinen Eltern in München. Max hat eine zwei Jahre jüngere Schwester, Klara. Aber Max mag diesen Namen nicht. Sie wird von ihm Clarence genannt, nach dem Löwen aus einem alten Film; nicht weil Klara schielt, sondern weil er diesen Namen lustiger findet. Beide Kinder schlafen zusammen in einem kleinen Zimmer in der Wohnung ihrer Eltern. Eines Abends, als sie bereits im Bett lagen, brach ein Gewitter aus. Klara war sehr ängstlich wegen der Blitze und des immer lauter werdenden Donnergrollens. Deshalb versteckte sie sich trotz der schwülen Luft im Zimmer unter ihrer Bettdecke, zwickte fest ihre Augen zu und verschloss mit ihren Zeigefingern die Ohren. Max schaute leicht schläfrig zum Vorhang, auf dem sich die vom Wind bewegten Blätter des Baumes vor dem Fenster abzeichneten.

Plötzlich zerriss ein sehr heller Blitz die Dunkelheit, in dem Max ein unglaubliches Ding sah. Konnte das wahr sein? Gespannt schaute er auf die Stelle, wo er vorher einen merkwürdigen Umriss sah. Sekunden später blitzte es wieder. Max sah deutlich einen Umriss, der einem Drachen glich.

‚Kann das sein?', dachte Max. „Ich muss wissen, ob es wahr ist", redete er mit sich selbst.

Er warf die leichte Bettdecke zurück, sprang aus dem Bett und eilte zum Fenster. Ein erneuter Blitz blendete Max. Er war zwar etwas ängstlich wegen des heftigen Gewitters, aber er war auch sehr neugierig. Schnell öffnete Max den Vorhang und dann das Fenster. Der Sturm blies kräftig die ersten Regentropfen zum Fenster herein. Klara erschrak sehr über den Wind, der an ihrer Bettdecke zupfte, und sie lugte vorsichtig heraus.

„Was tust du da?", rief sie ängstlich.

„Es ist wahr, es ist wahr!", schrie Max. „Dort ist ein Drache!" Er wies mit seinem rechten Zeigefinger hinaus.

Aber Klara konnte ihn nicht hören, weil es gerade in diesem Moment wieder blitzte und donnerte. So wusste sie nicht, warum Max das Fenster geöffnet hatte. Aus Angst vor weiteren Blitzen – aber besonders vor den krachenden Donnerschlägen – zog Klara sich schnell wieder die Decke über den Kopf, zwickte fest die Augen zu und hielt sich wieder mit ihren Fingern die Ohren zu.

Max rief den Drachen. „Hallo, Junge!", rief er. „Komm her zu mir!" Dabei machte er mit seiner rechten Hand eine lockende, einladende Geste.

Der kleine schwarze Drache drehte seinen Kopf zu Max und blickte ihn durchdringend aus seinen strahlend gelb leuchtenden Augen an.

Kapitel 2

Klara erlebt eine unheimliche Bekanntschaft

Der Drache überlegte, was er tun sollte. Es schien ihm viel angenehmer, in der offensichtlich trockenen, wenn auch seltsamen Höhle zu sein als auf dem Baum, dessen Blätter weniger Schutz vor dem Regen boten. Also flog er mit weit ausgebreiteten Flügeln die wenigen Meter zu der Höhle hinüber. Max erschrak etwas über den heranfliegenden schwarzen Schatten, obwohl er sich sehr gewünscht hatte, dass der Drache zu ihm käme. Eilig wich Max zur Seite aus, und der Drache kam in das Kinderzimmer hereingeflogen, wobei er vorher noch blitzschnell die Flügel eng an seinen Körper anlegte, um nicht am Fensterrahmen anzustoßen. Vielleicht fiel deshalb die Landung etwas ungeschickt aus, denn er plumpste auf dem Boden des Zimmers auf. Beinahe hätte der kleine Drache das Gleichgewicht bei der Landung verloren. Gerade noch fing er sich und setzte sich langsam würdevoll auf. Dann drehte er sich etwas tollpatschig auf seinen kleinen aber stämmigen Hinterbeinchen um und sah Max an.

Der Drache war nicht besonders groß – ungefähr einen halben Kopf kleiner als Max, so wie er da saß. Entlang seines Rückens und seines Schwanzes reihten sich viele Zacken, einer nach dem anderen. Am Nacken und am Schwanzende wurden die Zacken jedoch kleiner als auf dem Rücken. Sein langer Schwanz endete in einer pfeilähnlichen Spitze. Ein paar wenige Regentropfen glitzerten auf seiner samtig tiefschwarzen Haut. Die Lippen waren tief violett. Er öffnete sie leicht und schob seine kleine, vorne gespaltene, blutrote Zunge dazwischen. Gleichzeitig zog er seine Mundwinkel zurück. Es sollte wohl ein Lächeln andeuten, was auf Max jedoch etwas komisch wirkte.

Klara bemerkte gar nichts von dem Drachen. Sie blieb ängstlich unter ihrer Bettdecke und hielt sich weiter mit ihren Zeigefingern die Ohren zu.

Max schloss geschwind das Fenster und zog den Vorhang wieder vor. Dann schaltete er die Wandleuchte neben seinem Bett an. Er drehte sich zu dem Drachen um. Was sollte er jetzt tun?

„Danke für deine Einladung", lispelte der Drache freundlich.

„Max. Mein Name ist Max", antwortete der Junge. „Und wie ist dein Name?"

„Ich werde Yiss genannt", lispelte der kleine Drache.

„Wo kommst du her?", wollte Max von Yiss wissen.

„Tja, weißt du, ich war eben noch auf einer Insel. Dort gab es gerade ein heftiges Gewitter. Aber es war dort Tag."

„Aha", sagte Max, weil er nicht wusste, was er sonst sagen sollte.

„Ja, wie gesagt, es blitzte und donnerte laut. – Und plötzlich war ich in dem Baum da drüben!" Dabei deutete er mit seinem kleinen Ärmchen zum Fenster.

In dem Moment schlug Klara ihre Bettdecke zurück, weil sie nachsehen wollte, ob das Gewitter schon weggezogen war. Sie sah, dass im Zimmer Licht brannte und blickte deshalb zu Max hinüber. Oh, wie sehr erschrak sie dabei vor dem schwarzen, unbekannten Etwas, was zwischen ihrem und dem Bett ihres Bruders stand. Sie wollte laut schreien, aber es kam nur ein Krächzen aus ihrem offenen Mund heraus, weil genau in diesem Moment das schauerlich schwarze Etwas sich zu ihr umdrehte und sie mit durchdringenden, gelb leuchtenden Augen ansah.

Max reagierte sofort. Er sprang hinüber zu seiner Schwester und hielt ihr den Mund zu. „Sei ruhig. Du brauchst keine Angst zu haben. Der tut dir nichts", redete er schnell auf sie ein. „Das ist Yiss – und wie du siehst, ist er ein Drache. – Ein sehr netter Drache", setzte er schnell hinzu.

Klara wehrte sich gegen die vorgehaltene Hand und schob sie weg. „Woher willst du das wissen, dass er nett ist? – Vielleicht will er uns verspeisen?"

Yiss sah sie verständnislos an. „Was meinst du mit verspeisen?"

„Du kannst ja sprechen!" Klara war überrascht.

„Was meinst du mit verspeisen?", wiederholte der kleine Drache geduldig.

„Na, essen."

„Ich esse doch keine Menschen!", protestierte Yiss. „Nein, ehrlich", und dabei schaute Yiss mit treuem, unschuldig wirkendem Blick auf Klara. „Ich esse ... ja, wie nennt ihr das wohl?", überlegte er. „Ist ja egal. Jedenfalls keine Menschen – und schon gar nicht Kinder."

„Da bin ich ja erleichtert", seufzte das Mädchen, während sie sich im Bett aufsetzte.

„Was isst denn ein Drache so?", wollte Klara nun doch wissen.

„Wir Drachen brauchen das nicht. Wir leben von Energie. Also, vom Sonnenschein oder einer Gewitteraufladung", erklärte der kleine Drache.

„Du hast recht. Er ist ein netter Drache. Wo kommt er denn so plötzlich her? Hast du ihn hereingelassen?", sprudelte Klara nun los.

„Clarence. Wir dürfen niemandem etwas von Yiss erzählen. Hörst du?"

„Aber wieso darf ich niemandem davon erzählen? Er ist doch nett."

„Du weißt doch, wie die Erwachsenen sind. Sie nehmen ihn uns weg. Willst du das?" Max drang beharrlich auf seine Schwester ein.

„Nein, das will ich nicht", gab Klara kleinlaut bei. „Also, gut", versprach sie. „Ich erzähle niemandem davon."

„Bei deinem Teddybär. Schwöre!", verlangte Max.

„Ich soll schwören?", entrüstete sich Klara.

„Bei deinem Teddybär. Schwöre!", wiederholte Max.

„Also, gut. Bei meinem Teddybär. Ich schwöre", antwortete Klara ergeben.

„Vergiss es ja nicht", warnte er seine Schwester. Versöhnlicher erklärte er dann: „Yiss kam mit dem Gewitter zu uns. Da draußen auf dem Baum ist er gelandet." Dabei deutete er mit dem ausgestreckten Zeigefinger auf das Fenster. „Und es fing an zu regnen. Deshalb winkte ich ihn herein."

„Wie heißt du denn?", wandte sich der Drache lispelnd an Klara.

„Clarence. – Eigentlich heiße ich Klara. Aber Max findet den Namen langweilig. Er nennt mich nach dem Löwen in der Fernseh-Serie ‚Daktari', weil er das lustiger findet", erklärte das Mädchen dem Drachen.

Yiss verstand überhaupt nicht, was Klara damit meinte. Aber er wollte sie auch nicht beleidigen und beließ es vorerst dabei. „Bei euch ist es aber komisch", wunderte sich der Drache und sah sich um. „So was hab' ich noch nie gesehen, dass jemand in einer so komischen Höhle wohnt", erklärte Yiss. „Und so seltsame Sachen sind hier. Was ist das, auf dem du liegst?", fragte er Klara und deutete mit seinem ausgestreckten Ärmchen auf ihr Bett. Das Mädchen schaute auf ihr Bett und sah dann den Drachen verdutzt an.

„Kennst du das nicht? Das ist ein Bett – so richtig schön kuschelig. Willst du zu mir kommen?", lud Klara Yiss ein und schlug ihre Decke ganz zurück.

„Nein!" Max unterbrach energisch seine Schwester. „ICH habe den Drachen herein geholt und er kommt zu MIR ins Bett!", rief er heftig dazwischen.

Yiss blinzelte etwas irritiert und sah von Max zu seiner Schwester und wieder zurück zu Max.

„Also, gut", lispelte er. „Ich gehe zu dir, wenn du willst. Mir ist es gleich. Ich war noch nie in einem B e t t . – Ein andermal", vertröstete er Klara.

„Einverstanden." Klara gab versöhnlich bei in dem Bewusstsein, dass Yiss sich bald auch zu ihr ins Bett legen würde. Sie legte sich vergnügt hin, deckte sich zu und schloss die Augen, weil sie sich dabei besser vorstellen konnte, wie Yiss bei ihr im Bett liegen würde.

Yiss kletterte etwas unbeholfen in das weiche Bett von Max. Die weiche Matratze verführte ihn, auf dem Bett zu hüpfen. „Das gefällt mir", lispelte er freudig. „Das ist lustig." Die wenigen Wassertropfen auf seinem Körper waren längst getrocknet.

Max wollte sich auch gerade dazu legen, als Klara ihn darauf aufmerksam machte, erst das Licht auszuschalten. Er war schon so neugierig, wie sich ein Drache anfühlte.

„Du musst dich hinlegen und zudecken", weihte Max den Drachen in die ‚Bettgeheimnisse' ein. Yiss gehorchte und legte sich umständlich hin. Er musste dabei seinen langen Schwanz mit einer Hand an sich ziehen, damit Max auch Platz hätte. Der kleine Drache benötigte fast zwei Drittel von der Bettbreite.

Als Yiss glaubte, richtig im Bett zu liegen, setzte sich Max auf die Bettkante und versuchte sich hinzulegen. Jedoch lag er beängstigend nahe an der Bettkante. Aus einem Reflex heraus versuchte er sich festzuhalten und griff dabei nach dem Ärmchen von Yiss. Max erschrak derart über die Berührung, als hätte er glühende Kohlen angefasst. Beinahe wäre er aus dem Bett gefallen. Die Haut von Yiss fühlte sich wie weiches Leder an. ‚Aus dem gleichen Material waren die Handschuhe von Mama', dachte Max. ‚Woraus waren wohl Mutters Handschuhe gemacht? Doch hoffentlich nicht von einem so netten Drachen?', durchfuhr den Jungen der schreckliche Gedanke.

„Was hast du?", fragte Yiss ihn.

„Entschuldige, aber als ich dich berührte, glaubte ich, Mamas Handschuhe in der Hand zu haben." Max fühlte sich schuldbewusst.

„Was ist das, Handschuhe?", wollte Yiss wissen.

„Du weißt nicht, was Handschuhe sind? Ja, das kannst du vielleicht gar nicht wissen, denn die gibt's nur da, wo es kalt wird im Winter, weißt du."

„Was ist W i n t e r ?", fragte Yiss weiter.

„Also, Winter ist eine Jahreszeit, in der es furchtbar kalt sein kann, weshalb man dann Handschuhe, eine Mütze und warme Schuhe und natürlich warme Kleidung tragen muss", versuchte Max zu erklären. „Außerdem schneit es meistens auch, wenigstens ein bisschen, und dann ist alles weiß draußen."

„Wie weiß, wie meinst du das? Alle Farben werden zu Weiß?"

„Nein, anstatt Regen fällt Schnee und der ist weiß und weich, tja und leider auch kalt. Denn erst wenn es kalt ist, fällt Schnee. Hast du noch nie welchen gesehen?"

Der Drache dachte kurz nach und musste diese Frage verneinen.

Max versuchte, etwas mehr in die Mitte des Bettes zu gelangen, musste aber einsehen, dass das nicht möglich war. Er seufzte und sagte mehr zu sich selbst, er müsse wohl bei Clarence drüben die Nacht verbringen.

„Wieso kannst du nicht hier liegen?" Yiss fühlte sich enttäuscht. Er hatte sich so darauf gefreut, gemeinsam mit Max in diesem BETT zu liegen. Dies war für ihn eine ganz neue Erfahrung!

„Du bist zu breit. Ich kann mich nicht bewegen ... und die Zudecke ist außerdem viel zu weit bei dir drüben. Ich glaube, es ist besser, ich gehe heute Nacht zu Clarence hinüber. Hoffentlich schläft sie noch nicht tief. Sonst lässt sie sich nur sehr schwer bewegen."

„Du willst mir DEIN Bett überlassen?", fragte Yiss erstaunt.

„Ja, natürlich. Du bist doch unser Freund, oder?"

Statt einer Antwort kullerten dem Drachen zwei Tränen aus den Augen. Niemand war bisher so lieb zu ihm gewesen. Es rührte an seinem Herzen, wie der kleine Junge sich um ihn bemühte.

„Max, wir sind Freunde", lispelte Yiss leise.

„Gut, also dann gehe ich jetzt." Max kletterte aus seinem Bett und setzte sich bei Clarence auf die Bettkante. Clarence schlief glücklicherweise noch nicht tief. Sie murrte kurz unverständlich irgend etwas, als Max sie nach hinten schob, schlief jedoch gleich wieder ein, als Max zugedeckt war.

„Gute Nacht, Yiss. Und decke dich gut zu, damit du dir keinen Schnupfen holst."

„Gute Nacht", antwortete Yiss. Er grübelte darüber, was Max eben gesagt hatte. ‚Was meint er mit Schnupfen? Und überhaupt, was machen die da drüben jetzt?' Denn täglicher Schlaf war dem

Drachen unbekannt. Er benötigte nur einmal die Woche für ein paar Stunden tiefen Schlaf, sonst hielt er gelegentlich ein Nickerchen. Yiss wurde um so neugieriger, je mehr er über diese Begegnung nachdachte.

Kapitel 3

Wie der Drache eine ungewohnte Umgebung erkundete

Max glaubte erst, dass er vor lauter Aufregung nicht einschlafen könne. Es dauerte jedoch gar nicht lange, bis der Drache die regelmäßigen Atemzüge beider Kinder vernahm, und schließlich sanken die Kinder in Tiefschlaf.

Nun begann Yiss seine Umgebung zu erkunden. Drachen besitzen die Gabe, mit ihrem inneren Auge hinter die Dinge sehen zu können. Er konzentrierte sich ein wenig und begann mit der Erkundung der „komischen Höhle". Zuerst nahm er sich den Kleiderschrank vor, der ein Stück weg von Max Bett stand. Darin befanden sich ordentlich zusammengelegte und auf Bügel gehängte Kleidungsstücke der Kinder. Im Schrank gegenüber war ein Teil offen. Yiss wusste nicht, dass dies Bücher waren, die dort geordnet auf den Regalbrettern standen. Bisher hatte er noch nie ein Buch gesehen, geschweige denn davon gehört. Unterhalb der Regalböden waren zwei Türen. Die obere war eine nach unten zu öffnende Klapptüre (aber das wusste Yiss nicht), um den Schrank in einen sogenannten „Sekretär" zum Schreiben umzuwandeln. In dem unteren geschlossenen Teil war noch nichts darin. Dieser Teil war für die bevorstehende Schulzeit der Kinder geplant.

Unter den Betten waren fahrbare Holzkommoden mit den Spielsachen der beiden Kinder. Für den kleinen Drachen waren dies alles bisher unbekannte Dinge. Dort, wo er herkam, gab es so etwas nicht. Die goldhäutigen Menschen, mit den schönen seidig schwarzen Haaren und den blitzenden weißen Zähnen kannten keine Spielsachen. Sie beschäftigten sich ausschließlich mit den Tieren und Pflanzen ihrer Umgebung. Es waren sehr friedliche Menschen, die vegetarisch lebten. Fleisch zu essen hatten sie nicht nötig, da an den Bäumen und Sträuchern genug Frischnahrung wuchs. Und weil es dort keinen Winter gab, wuchsen über das ganze Jahr frisches Obst und Beeren.

Für den Drachen war die neue Welt, in die es ihn durch den Blitz verschlagen hatte, eine ganz andere. Er fragte sich, ob er bis zum Morgen warten sollte, um Max über all die neuen Dinge zu befragen, entschied sich aber dagegen. Schließlich hatte er es nicht versprochen. Und gerade in dem Moment, als er die Zudecke zurückschlagen wollte, um aus dem Bett zu klettern, öffnete sich die Türe einen breiten Spalt und der Kopf der Mutter der beiden Kinder erschien darin. Es war sehr finster in dem Kinderzimmer, erst recht für die Frau, weil sie gerade aus dem hell beleuchteten Wohnzimmer kam, so dass sie nur auf die kaum vernehmbaren Atemzüge der Kinder horchte. Yiss hielt ganz still, denn er hatte sich an das Versprechen von Klara erinnert, den Erwachsenen nichts zu erzählen. Die Mutter erkannte nach kurzer Zeit nur die Umrisse. Wie so oft sah sie die hoch gewölbte Zudecke von Max und sie meinte, dass die Wölbung seine angewinkelten Beine im Bett wären. Leise schloss sie wieder die Türe und ging weg.

Kapitel 4

Wie wir erfahren, was ein Seelenkundschafter ist

Drachen haben außergewöhnliche Fähigkeiten und dazu zählt auch, ein kleines Stück der Seele von sich zu lösen und auf Kundschaft zu senden, ein sogenannter „Seelenkundschafter". Und den schickte Yiss sofort der Frau nach. Natürlich merkte sie nichts von dem Verfolger, der ihr wie ein Geist folgte. Sie schaute kurz am Wohnzimmer vorbei, in dem der Fernseher leise vor sich hin flimmerte und vor dem der Vater der zwei Kinder im aufgeklappten Fernsehsessel fest eingeschlafen war. Sie lehnte die Türe leise an, um ihren Mann nicht zu wecken und ging ins Bad. Bald darauf kam die Frau heraus. Sie trug nun ein langes Nachthemd. Gähnend suchte sie das Schlafzimmer auf, das neben dem Kinderzimmer lag. Die Türe ließ sie wie immer einen Spalt weit geöffnet, legte sich in das Bett und deckte sich zu. Durch die Schwüle des Tages war sie nun doch recht müde, gähnte ein paar mal und schlief bald ein. Yiss beobachtete durch seinen Seelenkundschafter die Frau so lange, bis auch sie in tiefen Schlaf gefallen war.

So, und jetzt kam seine Stunde! Er rief den Seelenkundschafter zurück; endlich waren alle in tiefen Schlaf gefallen, auch der Vater im Wohnzimmer. Yiss schlug die Zudecke zurück und kletterte so leise als möglich aus dem Bett. Für ihn war das Bett eigentlich sehr unangenehm und er war froh, diesem endlich entronnen zu sein. Leise, den Schwanz mit der rechten kleinen Hand, die genau wie die linke Hand sechs Finger zählte, nach oben haltend, schlich er zur Tür. Das Öffnen der Türe hatte er vorhin mit seinem Extrasinn beobachtet. Er drückte leise die Türklinke hinab, öffnete vorsichtig die Türe und schloss sie ebenso leise hinter sich. Der Drache schlich behutsam den langen Flur entlang, vorbei an der leicht geöffneten

Schlafzimmertüre der Eltern. Er wollte sehen, was das in dem Zimmer war, in dem der Mann schlief. Äußerst vorsichtig öffnete er die angelehnte Türe, die, wie alle anderen Türen auch, kein Geräusch beim Öffnen von sich gab. Ganz leise betrat der kleine Drache den Raum, um den darin schlafenden Mann nicht zu stören. Aber worauf schlief der eigentlich? Es erinnerte ihn an eine Hängematte. Von einem Fernsehsessel hatte Yiss noch nie etwas gehört. Wie dem auch sei, Yiss schlich links von dem Stuhl zu dem flimmernden Ding hin, bis er in Kopfhöhe des Mannes stand. Im Nachtprogramm wurde gerade der Schwarzweißfilm „Ninotschka" ausgestrahlt. Da der Fernseher stumm geschaltet war, um den Schlaf des Vaters nicht zu stören, dachte Yiss bei sich, dass das eine komische Welt dort wäre: keine Farbe, kein Ton und ohne Seele.

Machte er ein Geräusch?

Der Mann schlief nicht mehr so tief und öffnete im Halbschlaf etwas die Augen. Er blickte mit halb offenen Augen auf Yiss, der neben ihm stand. Noch mehr im Schlaf als wach schloss er wieder die Augen und atmete ruhig weiter. Yiss schlich augenblicklich wieder zurück ins Kinderzimmer. Die Kinder schliefen tief und fest. Was sollte er tun? Wenn der Mann hier nachsehen kam, musste er sich verstecken. Am besten im Kleiderschrank! Gut, dass die Schranktüre mit einem Magnetverschluss und nicht mit einem Schlüsselschloss versehen war. So konnte Yiss sie leicht mit einem kleinen Schmatz öffnen. Er bückte sich etwas unter die kurz herabhängenden Kleidungsstücke und schloss hinter sich die Türe, indem er an einem Schlips zog, der auf einer an der Tür befestigten Stange hing. Sogleich schickte der Drache wieder seinen Seelenkundschafter aus, um zu beobachten, was im Wohnzimmer weiter passieren würde.

Und keine Sekunde zu spät. Erst jetzt wurde es dem Vater bewusst, dass ein schwarzes Ding neben ihm stand. Es sah aus, wie ein prähistorisches Fabelwesen. „Potzblitz!", entfuhr es ihm, und in der gleichen Sekunde schnappte der etwas unberechenbare Klappmechanismus des betagten Stuhles durch die von dem Vater heftig ausgeführte Bewegung in die Normalstellung zurück und katapultierte den völlig überraschten Mann mit Schwung dem noch laufenden Fernseher entgegen, an dessen Mattscheibe sich der Mann den Kopf anschlug. Lautlos schalt er sich einen Narren. Woher sollte denn so ein Ding kommen? Er habe das wohl geträumt und fasste sich dabei an die angeschlagene Stelle am Kopf, die leicht zu schwellen begann. „Das hast du nun davon. Anstatt ins Bett zu gehen, schlägst du dir den Kopf an der Mattscheibe an", brummte er zu sich selbst, schaltete den Apparat aus und tastete sich im Dunkeln bis zum Badezimmer vor. Nach dem er das Licht eingeschaltet hatte, stellte er sich vor den Spiegel und begutachtete seine kleine Beule. „Und morgen hast du eine wichtige Besprechung", murmelte er in sich hinein. Er legte seine Kleider ab und gab sie in den dafür vorgesehenen Wäschekorb. Dann stieg er in die Badewanne und duschte sich. Nach dem Abtrocknen putzte er sich die Zähne. Bevor er zu Bett ging, suchte er noch die Toilette auf und ging dann gähnend in das Schlafzimmer, um sich endlich in sein Bett zu legen. Ehe er sich zudeckte, stellte er noch den Wecker und las die digital angezeigte Zeit ab. Es war 23:16 Uhr. Der Mann gähnte nochmals, während er sich auf seine rechte Seite drehte und schlief sofort ein. Yiss ließ seinen Seelenkundschafter noch eine kleine Weile in dem Schlafzimmer, bis er sicher war, dass alles ruhig blieb. Dann rief er ihn abermals zurück und glitt leise aus dem Schrank heraus. Allmählich bekam er Übung im lautlosen Öffnen und Schließen von Türen und Schränken.

Kapitel 5

Wie Yiss ein völlig fremdes Lebewesen entdeckt

Der Drache wollte sich endlich mit seinen normalen Augen in Ruhe die Wohnung ansehen. Also schlüpfte er wieder sehr leise aus dem Kinderzimmer und schlich behutsam den Flur entlang. Er wusste jetzt, wozu die Schlafzimmer, das Wohnzimmer, das Bad und das WC dienten. Das Wohnzimmer ordnete er als Vorschlafzimmer ein, wozu wohl das komische flimmernde Ding notwendig war. Aber da war noch ein Raum, hinter dessen Türe er eine Präsenz spürte. War es ein Tier? Er wollte nicht so unhöflich sein und einfach hineinplatzen, sondern er stellte erst telepathischen Kontakt her. Unter Tieren ist dies die übliche Form der Kommunikation.

Das Wesen in dem Raum wusste schon lange, dass etwas Fremdes, dem es bisher noch nie begegnete, in der Wohnung war. Es freute sich sehr über die gute Umgangsform des Besuchers und lud ihn ein, das Zimmer zu betreten. Yiss drückte leise die Klinke hinunter und öffnete vorsichtig die Türe. Die schwarze Katze, die zur Begrüßung des Gastes an der Türe wartete, erschrak aber trotzdem sehr, machte einen Katzenbuckel und fauchte mehrmals laut. Schließlich drangen diese Geräusche durch die leicht geöffnete Schlafzimmertüre in das Bewusstsein des Vaters, der müde murmelte: „Blödes Katzenmistvieh." Als die Katze das vernahm, merkte sie, wie schlecht sie sich benahm und schämte sich sehr für ihren unkontrollierten Ausbruch, drehte sich verlegen um und ging zurück zu ihrem Lieblingsschlafplatz, dem Kissen auf der Fensterbank. Mit einem eleganten, wohlgezielten Sprung nach oben landete sie sanft darauf, drehte sich ein paarmal um ihre Achse und legte sich endlich bequem hin, wobei sie verlegen ihre rechte Pfote leckte. Yiss tat es unendlich leid, das kleine Tier so erschreckt zu haben. Er getraute sich weder das Zimmer zu betreten, noch die Katze anzusprechen. Nach einigen Minuten Verlegenheitspause hörte die schwarze Katze mit dem Lecken der Pfote auf und sah das Wesen mit ihren intelligenten, grünen Augen an.

„Bitte komm doch herein und schließ hinter dir die Türe“, forderte die Katze Yiss freundlich auf. Der kleine Drache folgte der Einladung, blieb aber vorne an der Türe stehen, um nicht aufdringlich zu wirken. „Es tut mir wirklich leid“, fuhr die Katze im Dialog fort, „wenn ich dich gekränkt haben sollte. Aber auf ein Fabelwesen, wie du es bist, war ich wirklich nicht gefasst.“ Die Katze versuchte, sich höflich beim Drachen zu entschuldigen.

„Was ist ein Fabelwesen?“, wollte der Drache wissen.

„Das ist ein Wesen, von dem man nicht mehr so genau weiß, ob es das einmal gab oder nicht“, entgegnete die Katze. „Wie heißt du denn?“, wollte sie wissen.

„Ich heiße Yiss“, antwortete der Drache stolz. „Und ich bin ein Drache“, setzte er noch schnell hinzu. „Und wie wirst du genannt?“, fragte er die Katze.

„Die Menschen nennen mich Miezekatze, Schnurri, Mausespatz und wie du vorhin gehört hast, auch ‚blödes Katzenvieh‘. Das rutscht dem Mann aber nur heraus, wenn er sich über irgend etwas ärgert. Sonst ist auch er sehr freundlich zu mir.“ Die Katze machte eine kurze Pause und sprach dann weiter: „Meine Mutter nannte mich Fäh, die Sanfte.“

„Oh, das ist ein schöner Name.“ Yiss meinte es wirklich ehrlich. „Wohnst du schon lange hier?“

„Drei Monde nach meiner Geburt wurde ich von meiner Mutter getrennt. Diese Menschen haben mich mitgenommen", erinnerte sich die Katze.

In einer plötzlichen Eingebung fragte Yiss Fäh, ob er nicht die Menschen bitten solle, sie mit ihrem richtigen Namen anzusprechen. Die Katze stand von ihrem Kissen auf, stellte sich gerade hin und blickte dem Drachen tief in seine leuchtend gelben Augen.

„Würdest du das für mich tun?", fragte sie ihn gerührt.

„Aber natürlich! Wir sind doch Freunde", bekräftigte Yiss.

Die Katze fing vor lauter Wohlbehagen zu schnurren an, was den Drachen erstaunte. „Geht es dir gut?", wollte er wissen.

„Sogar sehr gut. ... Weißt du nicht, dass wir Katzen bei Wohlbehagen schnurren?"

„Nein, weil ich bisher keine Katze kennengelernt habe", entgegnete Yiss.

Stolz fragte Fäh Yiss, ob sie denn die erste Katze wäre, die Yiss je gesehen hat. „Gibt es da, wo du herkommst, keine Katzen, und welche Tiere leben da, wo du herkommst?", fragte Fäh neugierig weiter.

Yiss erinnerte sich an sein zu Hause. „Die Welt, wo ich herkomme, sieht ganz anders aus. Die Menschen haben eine goldfarbene Haut und ganz schwarze Haare. Sie brauchen keine so unsinnigen Häuser wie hier." Da erinnerte er sich noch an das, was Max ihm erzählte und setzte hinzu: „Und es wird auch nicht weiß – niemals!" Auch erinnerte er sich an die Tiere auf seiner Insel. „Von den Tieren weiß ich nicht, ob es die hier gibt. Aber sie sind alle sehr nett zu mir."

„Ich glaube, dich muss man einfach mögen!", warf Fäh spontan ein. Yiss wurde ganz verlegen über dieses Kompliment, weshalb etwas Rauch aus seinen Nasenlöchern dampfte. Der Katze gefiel das. Noch nie hatte sie davon gehört, dass ein Tier (war der Drache wirklich ein Tier?) so etwas kann und es erfüllte sie mit Stolz, dass sie den Drachen kennenlernen durfte. Als der Drache sich wieder beruhigt hatte, gab er Fäh das Kompliment zurück, dass man auch sie einfach lieb haben müsse.

Auf diese Weise unterhielten sich die beiden, als plötzlich der Wecker des Mannes schellte. Drache und Katze erschraken sehr darüber. Sie hatten die Welt um sich vergessen. Jedoch die Katze fing sich gleich wieder. Schließlich lebte sie mit diesen Menschen schon seit einiger Zeit zusammen und kannte inzwischen deren Gewohnheiten.

„Verstecke dich hinter der Türe", riet sie Yiss. Und schon verließ der Mann das Schlafzimmer.

Kapitel 6

Wie Max gezwungen wurde eine Lüge loszulassen

Entgegen seiner Gewohnheit, zuerst die Küchentüre zu öffnen, damit die Katze in das Schlafzimmer gehen konnte, um es sich dort in seinem noch warmen Bett für einige Zeit gemütlich zu machen, suchte der Mann zuerst das WC auf. Erst danach öffnete er die Küchentüre einen Spalt weit. Gewöhnlich strich ihm die Katze kurz um die Beine, ehe sie zum Schlafzimmer ging, doch diesmal blieb sie „beleidigt" auf dem Sims liegen und wartete, bis er unter der Dusche stand.

„Findest du nicht auch, dass die Menschen etwas zu viel Wasser benutzen?", fragte Fäh den Drachen, ohne eigentlich eine Antwort zu erwarten, stand von ihrem Kissen auf, streckte und räkelte sich, gähnte herzhaft, um dann dem Drachen voraus die Küche zu verlassen und ins Schlafzimmer zu gehen.

„Ich werde jetzt ein wenig schlafen", erklärte sie Yiss und verschwand im Schlafzimmer. Yiss schlich leise in das Kinderzimmer und versteckte sich wieder im Kleiderschrank.

Kurz darauf wachte Max aus seinem tiefen Schlaf auf. Die Ereignisse des Vorabends hatten ihn doch sehr mitgenommen. Nachdem er sich erst einmal orientiert hatte und merkte, dass er im Bett seiner Schwester lag, ... wie peinlich ..., fiel ihm wieder der Drache ein und er kletterte aus Klaras Bett. Da es draußen inzwischen schon hell geworden war, konnte er leicht im abgedunkelten Raum erkennen, dass seine Zudecke zurückgeschlagen war. Wo war der Drache? Max sprang förmlich in sein Bett: „Warum hast du mich verlassen!", rief der Junge verzweifelt, warf sich auf seinen Bauch und weinte. Es war im selben Moment, als sein Vater im Bad mit dem Abtrocknen fertig war.

„Ich bin doch hier", lispelte Yiss aus dem Schrank heraus und schon öffnete der Vater von Max die Kinderzimmertüre, um nachzusehen, was los war.

„Bist du in Ordnung?", fragte er leise, während er auf das Bett von Max zuging.

„Ja. Ich habe nur schlecht geträumt", flüsterte er widerstrebend die Unwahrheit, um Yiss zu schützen. Sein Vater legte ihm eine Hand auf die Schulter, um ihn zu beruhigen. „Ist schon in Ordnung", beruhigte nun Max seinen Vater.

„Kann ich dich allein lassen?", fragte der Vater besorgt.

„Ja. Ist schon o. k., Paps", antwortete Max so salopp als möglich.

„Nun gut. Versuch' noch ein wenig zu schlafen." Karl schlich wieder leise aus dem Zimmer, um Klara nicht zu wecken. Auf dem Rückweg zum Bad ging er ins Schlafzimmer und weckte seine Frau, in dem er sie kurz auf ihre Wange küsste. Dabei gewahrte er, dass die Katze bereits in seinem Bett lag. „Also, doch!", sprach er leise vor sich hin. Zu seiner Frau gewandt flüsterte er zärtlich: „Aufstehen, Schatz."

„Mmhh", kam es verschlafen von ihr zurück.

Da wusste er, dass sie gleich aufstehen würde und ging zurück in das Badezimmer. Noch immer mit dem Handtuch um seine Hüften geschlungen fing er mit der Nassrasur an. Er bedeckte den unteren Teil seines Gesichtes mit Rasierschaum, während seine Frau Mariele auf das WC ging. Als sie danach das Bad betrat, begann er gerade mit der Rasur.

„Guten Morgen, Karl", murmelte sie noch schlaftrunken. Sie streifte ihr Nachthemd ab, hängte es über die Badetuchstange, frisierte sich, steckte die Haare hoch und setzte ihr Duschhäubchen auf. Danach spülte sie kurz mit heißem Wasser die Badewanne ab, drehte das Wasser auf angenehme Temperatur und stieg schließlich in die Wanne zum Duschen. Karl warf ihr einen bewundernden Blick zu, bevor seine attraktive Frau hinter dem Duschvorhang verschwand. Mariele genoss diesen Blick und wurde zunehmend vergnügter. Als sie sich etwas später zum Umkleiden im Schlafzimmer wieder trafen, fragte Karl sie, ob sie denn am Abend schon etwas vorhätte. Sie könnten ja einmal wieder zu zweit schön zum Essen gehen. Mariele willigte sofort unter der Voraussetzung ein, dass ihre Mutter die Kinder nehmen würde. Sie ließe es ihn wissen, wenn sie im Restaurant „Bei Stefano" einen Tisch reservieren konnte.

Karl nahm sein schwarzes Sakko vom Bügel, zog noch den passenden weinroten Schlips von der Stange und ging in die Küche, wo er das Sakko erst über den Stuhl legte und dann vor dem Badezimmerspiegel seinen Schlips umband. Danach ging er wieder in die Küche, wo bereits der Kaffee, den Mariele nach dem Bad aufstellte, durchgelaufen war. Karl schenkte sich eine Tasse Kaffee ein, setzte sich an den Tisch damit und prüfte erst einmal noch seine Aktentasche, damit er nichts Wichtiges vergäße. In der Zwischenzeit kam auch Mariele angekleidet und neu frisiert in die Küche, um sich erst mal eine Tasse Kaffee einzuschenken und sich damit zu Karl an den Tisch zu setzen. In dem Moment fiel Karl wieder ein, dass Max geweint hatte und erzählte es Mariele.

„Ich muss sie dann sowieso wecken. Da kann ich ihn ja fragen", beruhigte sie ihren Mann. „Ich ruf' dich später an, wenn ich wegen der Uhrzeit heute Abend mehr weiß."

Karl trank hastig die Tasse Kaffee leer, stand auf, zog das Sakko an, nahm seine Aktentasche und ging, von Mariele gefolgt, zur Garderobe, um sich dort seine Schuhe anzuziehen. Er nahm die Wagenschlüssel vom Schlüsselbrett, drückte seiner Frau einen innigen Kuss auf ihre Lippen und verließ schließlich die Wohnung.

„Bis später“, verabschiedete er sich noch im Hausflur und Mariele antwortete winkend: „Ja, bis später.“

Dann war er weg. Sie schloss etwas verträumt die Wohnungstüre und ging sogleich zum Kinderzimmer, um die Kinder zu wecken, damit sie nicht zu spät zum Kindergarten kämen.

Kapitel 7

Wie die Mutter eine unheimliche Entdeckung machte und deren unerwartete Folgen

Max war wohl noch einmal eingeschlafen. Seine Mutter öffnete den Vorhang und dann das Fenster. Danach setzte sie sich auf den Rand des Bettes ihres Sohnes und legte ihm ihre Hand auf seine rechte Schulter, da er auf dem Bauch lag.

„Bist du das, Yiss?", fragte er schlaftrunken.

„Ich weiß zwar nicht, wer Yiss ist, aber ich bin das mit Sicherheit nicht", wunderte sich seine Mutter.

Da schreckte Max hoch. „Was tust du denn da?", wollte er von ihr wissen.

„Paps sagte mir, dass du schlecht geträumt hättest. Was ist los mit dir. Du bist immer noch etwas verstört, wie mir scheint."

„Mir geht's gut. Ich bin o. k., Mama", versuchte Max seine Mutter zu beruhigen.

Mariele nahm Max in ihre Arme und drehte ihn zu sich, um ihn besser an sich drücken zu können. Dabei wiegte sie ihn ein wenig, wie ein ganz kleines Kind. Max genoss es zwar einerseits, hoffte jedoch andererseits, dass es Klara nicht sah. Es wäre ihm sehr peinlich gewesen. Mariele küsste ihn auf seine Haare und ließ ihn dann wieder in sein Bett zurücksinken.

„Wenn du mit mir darüber reden willst, kannst du das jederzeit tun. Und jetzt heißt es aufstehen", wobei sie Max einen kleinen Klaps seitlich am Po versetzte. Dann stand sie auf und setzte sich sogleich auf den Rand von Klaras Bett, um ihre Tochter zu wecken.

Währenddessen kletterte Max aus seinem Bett und ging vor ins Bad, noch ganz unter dem Einfluss der Umarmung seiner Mutter. Klara war sehr schlaftrunken, als ihre Mutter sie weckte.

„Na, du Murmeltier. Möchtest du heute gar nicht aufstehen?"

„Ach, ich hab so schön geträumt." Klara gähnte, streckte und rekelte sich. Mariele deckte Klara ab, damit sie nicht wieder einschlief, versetzte auch ihr einen kleinen Klaps seitlich am Po und erhob sich vom Bett.

„Ich werde euch gleich eure Kleider bereitlegen, dann geht's schneller", munterte Mariele ihre Tochter auf und ging dabei schon zum Kleiderschrank der Kinder.

Gerade in dem Moment, als Mariele die Schranktüre öffnete, erinnerte sich Klara an den Drachen von gestern und Max rannte, sich gerade ebenfalls an den Drachen erinnernd, aufgeregt vom Bad zurück, um die Entdeckung zu verhindern. Aber es war zu spät!

Mariele sah ungläubig auf das schwarze Ding unter den Kleidungsstücken, unfähig sich zu bewegen oder etwas zu sagen. Als es sie dann auch noch mit seinen gelb-leuchtenden Augen treuherzig ansah und lispelte „Hallo, ich bin Yiss", war das für die Mutter zu viel. Ihr wurde erst schwindelig und danach schwarz vor den Augen, ihre Beine gaben nach und sie fiel ohnmächtig zu Boden.

„Mama, Mama!", rief Max so laut er konnte. Und wieder rief er „Mama, Mama!" – bis er endlich aufwachte und sich noch schreien hörte.

Kapitel 8

Als Max die Katze mit ihrem richtigen Namen ansprach und später eine furchtbare Entdeckung machen musste

Max saß aufrecht im Bett, als er endlich zu sich kam. Klara im Bett gegenüber war durch sein lautes Schreien aufgewacht und sah zu ihm hinüber. „Was ist los, Max? Bist du krank?", fragte sie besorgt.

Da öffnete sich die Kinderzimmertüre und der erschreckten Mutter voraus lief die schwarze Katze ins Zimmer zu Maximilian ans Bett, mit freundlich erhobenem Schwanz zur Begrüßung. Max streichelte ihren Kopf und begrüßte die Katze mit den Worten: „Guten Morgen, Fäh." Durch den Katzenkörper zuckte es wie ein elektrischer Schlag. Sie sah Max aus ihren grünen Augen direkt an, so als wolle sie sagen: ‚Woher weißt du meinen Namen?'

Doch schon war Mariele da und setzte sich zu Max an den Bettrand.

Weder hörte Max, was sie ihn fragte, noch spürte er ihre Hand auf seinem rechten Arm. Er starrte nur zur Türe, wo sein Vater stand, der spät nachts von einer Geschäftsreise zurückgekommen war. Nicht sein müdes Aussehen, die graue Haut oder die dunklen, tief in den Augenhöhlen liegenden Schatten waren es, die seinen Blick magisch anzogen. Sein Vater trug unter seinem linken Arm einen Stoffdrachen, den Max sich schon so lange gewünscht hatte.

Die Haut war aus schwarzem, handschuhweichem Lederimitat gearbeitet. Die Zacken auf seinem Rücken waren aus demselben Material. Die leuchtend gelben Glasaugen mit den schwarzen Pupillen stachen aus dem Gesicht hervor. Die aus seidigem, dunkelviolettem Stickgarn bestehenden Lippen waren etwas geöffnet, zwischen denen aus einem roten Mundinneren eine blutrote, gespaltene Zungenspitze hervorlugte. Und auch die kunstvoll ausgearbeiteten Nasenlöcher fehlten nicht. Wegen eines Fabrikationsfehlers hatte der Drache Händchen mit jeweils sechs Fingern. Er saß aufrecht auf seinem Hinterteil und ließ dabei auf seiner Bauchunterseite einen Wäschezettel erkennen, auf dem stand: „Handwashing" und darunter waren noch ein paar Wäschezeichen zu sehen. Auf der Rückseite des Zettels stand zweizeilig: „Hello, my name is Yiss!"

Nachdem der Vater den Drachen Max stolz in den Arm drückte und Max sich vorlesen ließ, was auf dem Zettel stand, fiel Max in Ohnmacht.

Was ist Traum? Was ist Wirklichkeit?

Kapitel 9

Können zwei Wesen das gleiche träumen?

Max war nicht lange ohnmächtig. Er beruhigte seine Familie mit der Erklärung, dass er sich doch schon so lange einen Drachen wünsche, wenn auch einen lebendigen, mit dem man etwas unternehmen könnte, und da hatte nun sein Vater genau den unter dem Arm, den er sich eben so vorgestellt hatte: schwarz mit gelbleuchtenden Augen und sogar die Zacken auf dem Rücken fehlten nicht. Eigentlich freue er sich riesig über diesen Stoffdrachen und er wüsste auch nicht, wie die Ohnmacht zu erklären sei.

Von seinem Traum über Yiss sprach er jedoch nicht. Dieses Erlebnis wollte er ganz für sich behalten – sozusagen war dies seine „Privatsache" und diese wollte er mit niemandem teilen. Jedoch interessierte es ihn brennend, ob seine fünfjährige Schwester auch diesen Traum hatte, da sie doch darin vorkam. Nur wie sollte er es anstellen, sie zu fragen, ohne es gleich zu verraten? Diese Sache musste gründlich überlegt werden.

Max' Mutter war der Meinung, ihren Sohn an diesem Tag nicht in den Kindergarten gehen zu lassen, um eine eventuelle Krankheit sofort erkennen zu können. Deshalb blieb Max den ganzen Vormittag allein bei seiner Mutter in der Wohnung, während Klara in den Kindergarten gegangen war. Die Mutter beschäftigte ihn, indem sie ihm einen Malblock hinlegte und ein Sortiment Farbstifte dazugab, um seinen Phantasien freien Lauf zu lassen. Insgeheim hoffte sie, aus seinen Zeichnungen irgendeinen Hinweis auf sein etwas angekratztes Seelenleben zu finden, denn Mariele wusste instinktiv, wie sie mehr über ihren Sohn erfahren konnte.

Max zeichnete erst belanglose Striche und Kurven in verschiedenen Farben, bis sich langsam daraus ein Dschungelhintergrund ergab. Max malte Farne, Palmen, Fruchtsträucher, exotische Blüten, Papageien und sogar ein paar fast kaum erkennbare Menschen, denen er eine goldgelbe Hautfarbe und tiefschwarze Haare verpasste. Plötzlich wurde ihm bewusst, was er da gemalt hatte. Nicht einmal der blaue Meeresstreifen am wolkenverhangenen Horizont fehlte. Nur den Drachen hatte er noch nicht gemalt, als seine Mutter ihm leise über die Schulter lugte. Max war so vertieft in seine Arbeit, dass er nicht bemerkt hatte, wie sie sich ihm näherte. Deshalb erschrak er bis ins Innerste, als er sie plötzlich hinter sich fragen hörte, wo er denn so schön malen gelernt hatte. Sie wüsste nichts von seinen Talenten und sei ganz erstaunt darüber, was Max da malte.

Noch ehe Max antworten konnte, musste Mariele schnell zum Herd zurück, auf dem gerade der Topf mit den Kartoffeln zischte. Schnell nahm Max das gezeichnete Blatt vom Block weg und legte es darunter und begann eilig mit einem belanglosen Gekritzel – glaubte er. Wie durch Zauberhand entstand ein Drache mit Zacken auf dem Rücken. Der Drache saß aufrecht auf seinen kräftigen Hinterbeinen und hielt zwischen seinen kleineren Vorderpfoten offensichtlich eine Kokosnuss fest. Sein großer, gezackter Schwanz lag elegant im Vordergrund des Bildes. Max war abermals sehr vertieft in sein Zeichnen, so dass er die herannahenden Schritte seiner Mutter fast zu spät hörte. Doch er erschrak nicht mehr, denn dies durfte sie ja sehen.

Mariele kam aus dem Staunen nicht mehr heraus. Warum konnte ihr Sohn plötzlich so gut zeichnen? Die Malergebnisse aus dem Vorschulkindergarten waren bei weitem nicht so glanzvoll wie diese beiden Zeichnungen. Sie lobte deshalb Max für diese außerordentlich guten Leistungen und versprach ihm, dafür noch einen Schokoladenpudding zu machen – nur für ihn.

Als jedoch Max sein „Gekritzel" richtig betrachtete, rannen ihm die Tränen über seine Wangen. Warum konnte es nicht Wirklichkeit sein? Warum lebte Yiss nicht? Max wollte gerade zur Küchentüre hinaus und ins Kinderzimmer gehen, als ihn seine Mutter zurückrief und bat, die Malsachen aufzuräumen, da sie den Mittagstisch vorbereiten wollte, ehe sie Klara vom Kindergarten hole. Da Mariele mit dem Kochen sehr beschäftigt war, sah sie nicht die Tränen, die Max über die Wangen rollten.

Als Max mit den Malsachen in das Kinderzimmer kam, dessen Türe nur angelehnt war, entdeckte er die schwarze Katze auf seinem Bett, die sich um den Stoffdrachen gerollt hatte, so als wolle sie sich an ihm wärmen oder hinkuscheln. Max legte die Malsachen erst auf das Schrankregal, ehe er zu seinem Bett ging. Er setzte sich auf sein Bett und streichelte die Katze, die ihn mit halb geschlossenen Augen anschaute.

„Hallo Fäh", begrüßte er sie. „Magst du Yiss auch so gerne wie ich?", fragte er sie unvermittelt. „Mau", antwortete die Katze kurz, so als wolle sie ‚ja' sagen. Die Katze gähnte, veränderte ihre Lage etwas und ließ es sich gefallen, von Max vom Kopf bis zum Schwanz langsam und stetig wiederholend gestreichelt zu werden. Dabei schnurrte sie laut, während sie ihre Augen halb geschlossen hielt. Max sprach leise mit der Katze: „Weißt du, ich finde es sehr traurig, dass Yiss nicht wirklich lebt." Dabei kollerten fortwährend Tränen über seine Wangen. Fäh hob kurz ihren Kopf und sah Max mit ihren grünen, klugen Augen an, so als wolle sie sagen, ‚woher willst du denn das wissen?'. Als Max lautlos zu schluchzen beginnen wollte, fasste ihn Fäh mit ihren Zähnen ganz sanft in die nun auf ihrem Rücken liegende Hand und brachte damit seinen Ausbruch zum Stillstand. Max sah Fäh erschrocken an. Sein Tränenfluss kam abrupt zum Stillstand, so erschrak er. „Aber Fäh, was ist denn?", fragte er die Katze. Fäh stand auf, räkelte sich und ging zu Max, schmeichelte sich an seine nun auf seinem Schoß ruhende Hand und schnurrte weiter. „Mau", ließ sie von sich hören. Aber Max verstand sie nicht. Immerhin streichelte er sie wieder, wenn auch nur über ihren Kopf, wobei Fäh ihm ihr Köpfchen immer wieder in seine Hand drückte und wohlig dabei schnurrte. Mit der anderen Hand trocknete Max seine tränennassen Augen. Schließlich war er so weit beruhigt, dass Fäh sich endlich wieder hinlegen konnte, jedoch etwas weiter weg, aus der normalen Reichweite seiner rechten Hand. Ehe Max sich darüber wunderte, kam seine Mutter in das Kinderzimmer und fragte ihn, ob er mitgehen wolle, Klara vom Kindergarten zu holen. Max schüttelte nur den Kopf, besann sich aber, dass seine Mutter solche Antworten nicht liebte und sagte kurz: „Nein, danke. Ich möchte lieber hier bei ..." – beinahe hätte er ‚Fäh' gesagt, weshalb er im Satz kurz stockte – „der Katze bleiben."

„Gut", antwortete Mariele. „Ich bin gleich wieder zurück." Sie zog die Türe hinter sich zu und ließ Max mit Fäh alleine.

Max stand auf und holte sich die Zeichnungen an sein Bett, um sie sich genauer anzusehen. Und nun staunte selbst er, wie er das nur fertiggebracht habe, so gut zeichnen zu können. Es stimmte, dass er im Kindergarten nie so schöne Zeichnungen fertiggebracht hatte, doch fehlte ihm vielleicht auch der richtige Gedanke dafür. Er verglich die Zeichnung des Drachen mit dem Stoffdrachen und bemerkte eine große Ähnlichkeit zwischen den beiden. Wie war das möglich, dass er so gut aus dem Gedächtnis malen konnte?

Da hörte er Yiss lispeln: „Das ist Liebe."

„Yiss!", rief Max erfreut, sprang vom Bett hoch und rannte zum Kleiderschrank, riss ihn auf und hoffte, Yiss darin zu finden. Doch hier war er nicht. ‚Ach ja', dachte er bei sich, ‚das war ja nur ein Traum.'

„Das mag schon sein", lispelte Yiss' Stimme. „Es kann aber auch mehr gewesen sein. – Wer vermag schon Traum und Wirklichkeit auseinanderzuhalten?"

Max wurde bleich. Fing er jetzt an zu spinnen? Wieso hörte er Yiss' Stimme? Noch dazu so deutlich, als wenn er im Zimmer wäre.

„Yiss, bist du das? Wenn ja, wo bist du?"

Diesmal bekam Max keine Antwort mehr. Der Junge schaute die Katze an, als ob sie ihm den Streich gespielt hätte. Fäh sah ihn jedoch mit ihren klugen Augen durchdringend an, als ob sie fragen wollte: ‚Weißt du nicht die Antwort darauf?'

Ehe Max sich weiter darüber wunderte, öffnete sich die Wohnungstüre und Klara kam ins Kinderzimmer, nachdem sie ihre Jacke an die Garderobe gehängt und die Schuhe auf das Regal gestellt hatte.

„Max, wie geht es dir?", fragte sie teilnahmsvoll, als sie sah, dass er verstört und blass auf seinem Bett saß. Sie ging zu ihm und nahm ihn in ihre Arme, so wie sie es bei Mama oft beobachtet hatte. Doch Max befreite sich sogleich und fauchte sie an, sie solle das lassen. Sofort tat es ihm wieder leid, da er ja merkte, dass seine Schwester es ehrlich meinte. Er entschuldigte sich bei ihr, nahm mit beiden Händen ihre Hand und hielt sie verlegen als Entschuldigung. Klara hatte ihren Bruder noch nie so verstört gesehen und deshalb tat er ihr leid.

„Macht nichts", nahm sie die Entschuldigung an. Gleich darauf sagte sie, dass ihre Mutter sie hergeschickt hatte, um ihn zum Essen abzuholen. Und sie sollen ja nicht vergessen, sich die Hände vorher zu waschen.

Bevor Klara sich zum Gehen umwandte, sah sie die schwarze Katze mitten auf dem Bett liegen und schalt gutmütig mit ihr: „Na, wenn das Mama sieht, dass du auf dem Bett liegst." Doch Fäh ließ sich nicht davon beeindrucken. Mit halb geschlossenen Augen sah sie auf Klara, gähnte und rollte sich zusammen, als wollte sie sagen ‚Ach, lass mich doch in Ruhe.'

Die Kinder gingen zum Mittagstisch, nicht ohne sich vorher die Hände gewaschen zu haben. Danach stellte Mariele das schmutzige Geschirr in den Geschirrspüler und ging mit den Kindern spazieren. Die Luft war gereinigt durch das Gewitter am Vorabend. Mariele verbrachte gerne die schönen Nachmittage mit ihren Kindern im Freien, und Max vergaß sogar ein bisschen darüber an den Drachen zu denken, bis sie schließlich wieder gegen Abend nach Hause kamen. Mariele bereitete das Abendessen vor, während sich die Kinder im Kinderzimmer aufhielten. Klara zeigte Max ihre Zeichnung, die sie an diesem Tag im Kindergarten gemalt hatte. Es war ein Drache oder zumindest sollte es einer sein. Dieser Drache saß auf einem übergroßen Ast, der von einem angedeuteten Baum herausragte. Und ein Blitz, es sollte zumindest einer sein, war auf der gegenüberliegenden Seite abgebildet.

„Weißt du", sprach Klara zu Max „als ich deinen Stoffdrachen sah, erinnerte ich mich an meinen Traum diese Nacht, aber niemand wollte davon hören. Ich träumte, dass dieser Drache durch ein Gewitter zu uns kam und du hast ihn zum Fenster hereingelassen. Ich durfte es aber niemandem sagen und musste sogar schwören, dass ich nichts davon sage. Und dann hast du ihn in dein Bett liegen lassen und bist selbst zu ihm gekrochen. Oh, wie habe ich dich darum beneidet!", erklärte Klara.

Max wurde ganz bleich. Also war da doch was dran. Aber Klara antwortete er nur, wie schön sie doch geträumt haben muss und dass er sie um diesen Traum beneide.

Mariele rief ihre beiden Kinder in die Küche. Die Katze war den Rest des Nachmittags in der Küche geblieben. Im gleichen Moment, als die Kinder an der Wohnungstüre vorbeigingen, drehte jemand von der anderen Seite der Türe den Schlüssel im Schloss um. Karl öffnete, und Max und Klara freuten sich sehr, dass ihr Vater früher als gewöhnlich nach Hause kam. Sie fielen ihm um den Hals.

„Bleibst du daheim?", fragte Max.

„Ja, Maximilian – heute bin ich früher gegangen, um mit euch essen zu können", antwortete ihr Vater.

„Au fein!", rief auch Klara und hüpfte abwechselnd von einem Bein auf das andere.

Mariele war schon aus der Küche gekommen, um Karl zu begrüßen. Sie gab ihm einen kurzen Kuss auf den Mund, nahm ihm sein Sakko ab, hängte es auf einen Bügel an die Garderobe und stellte auch seine Aktentasche in der Küche an die gewohnte Stelle neben der Türe.

Das gemeinsame Abendessen war mit Reden und Plappern der Kinder erfüllt und alle waren sie glücklich dabei. Die Katze erhielt ihre „Probierhäppchen" vom Tisch auf einem eigens für sie bereit gestellten Teller, der auf dem Boden stand und als sie nichts mehr bekam, ging sie zu ihrem Napf und nahm ein paar Brocken von ihrem Essen, was Mariele wie immer mit einigen Bierhefeflocken bestreut hatte. Mmhh, eine Delikatesse für Fäh. Eigentlich ging es ihr in der Familie ganz gut, dachte sie bei sich, während sie gerade an einem großen Fleischstück herumkaute.

Kapitel 10

Hier erfahren wir, wie es geht, dass ein gewünschter Traum in unsere Wirklichkeit übernommen werden kann

Gegen halb acht Uhr abends lagen die Kinder wieder in ihren Betten. Nachdem Mariele ihnen aus einem Kinderbuch ein kurzes Kapitel vorgelesen hatte, löschte sie das Licht; die Vorhänge hatte sie schon vorher zugezogen. Dann verließ sie leise das Zimmer, denn Klara war eben im Begriff einzuschlafen. Nur Max war hellwach. Er umklammerte seinen Stoffdrachen mit dem linken Arm und lag mit offenen Augen im Bett. Allerdings öffnete er sie erst, als seine Mutter wieder gegangen war.

Heiße Tränen über den Verlust des wahren Yiss rannen ihm über seine Wangen. Er verstand nicht, wie man nur so wahrheitsgetreu träumen konnte. Warum war Yiss nicht lebendig? Er gab dem Stoffdrachen als Ersatz für den wahren Drachen einen dicken Kuss zwischen seine Nasenlöcher.

„Hi, hi, hi", hörte er ein leises Kichern.

„Bist du das, Klara?", fragte er leise in die Richtung, wo seine Schwester lag. Aber Klara schlief wohl schon. Das hörte man an ihren regelmäßigen, tiefen Atemzügen.

„Nein, ich bin das", lispelte eine für Max schon bekannte Stimme.

„Yiss?", fragte er laut und zog gleich darauf unwillkürlich seinen Kopf ein, als hätte er etwas Ungezogenes getan.

„Yiss – wo bist du?"

„Hier bin ich, in deinem Arm. Du drückst mich gerade etwas fest", japste der Drache lispelnd.

Max war sprachlos. Konnte der Stoffdrache reden?

„Nein, natürlich nicht. Aber du hörst meine Gedanken", erklärte Yiss. „Und ich kann natürlich auch deine hören. Das wollte ich dir schon gestern sagen", ergänzte Yiss lispelnd.

„Aber wieso lispelst du dann?", wollte Max wissen.

„Das ist eben so", meinte der Drache.

„Yiss, ich bin ja so froh, dass du da bist." Max war erleichtert. „Aber wo bist du denn? Wie kann ich dich sehen?", fragte er wissbegierig?

„Sehen kannst du mich nur in deinen Träumen. Dort können wir zusammen sein", erklärte der Drache.

„Und wie komme ich dorthin? Niemand kann doch vorher wissen, was er träumt", entgegnete Max.

„Oh, das ist ganz einfach. Du musst nur beim Einschlafen fest an mich denken. Dann sehen wir uns gleich wieder", erklärte Yiss.

„Ich fürchte, das kann ich nicht", beschwerte sich Max. „Das habe ich noch nie getan."

„Doch, doch! Du kannst es. Du hast mich doch auch heute schon gezeichnet – und das nicht schlecht. Also kannst du dir auch mich vorstellen. Verstehst du das?"

„Ja, das schon. Aber da war ich wach. – Gut, ich versuche es. Ich wünsche mir so sehr, dich wiederzusehen."

„Ja gut. Fang an. – Lass deine Gedanken in die Erde hinab sinken – und stell dir vor, ich stehe vor dir. Hörst du, Max?"

„Meinst du so?", fragte Max bereits etwas schläfrig.

„Ja, genau so", hörte Max von ferne. „Genau so. Mach nur so weiter. – Lass dich hinab sinken zur Erde." Yiss lispelte leise im Kopf des Jungen, bis Max schließlich eingeschlafen war.

Und dann zuckte und ruckte es plötzlich in Max und er war wieder hellwach. Er lag in seinem Bett – aber ohne den Stoffdrachen im Arm. Es war im Zimmer etwas dunkler geworden. Max hörte die schon leiseren regelmäßigen Atemzüge seiner Schwester.

Wo war sein Stoffdrache? War er aus dem Bett gefallen? Max setzte sich in seinem Bett auf und wollte gerade seine Beine herausschwingen. Da gab es ihm einen Stich ins Herz. Vor ihm stand der Drache und schaute ihn aus seinen durchdringenden, leuchtend gelben Augen an. Yiss grinste.

„Hast du es also doch geschafft?", fragte er belustigt den Jungen.

„Yiss." Max sprach tonlos. Er war so erschrocken. Obwohl er es sich eigentlich sehnlichst wünschte, glaubte er nicht an die Möglichkeit, Yiss jemals wieder zu treffen.

„Du siehst doch, dass alles möglich ist, wenn man nur will", bekräftige der Drache.

„Yiss, oh, Yiss. Wenn Du wüsstest, wie ich dich vermisst habe." Der Junge sprang auf und umarmte herzlich seinen Drachenfreund.

„Scht", zischte der Drache. „Wir müssen leise sein, sonst wacht Clarence auf."

„Ach, Clarence schläft tief und fest. Die wacht so schnell nicht auf", beruhigte Max den Drachen. Trotzdem sprach er leiser weiter.

„Kannst du mir erklären, wieso du hier," Max zögerte etwas, weil er erst überlegen musste, wie er genau fragen sollte, „na ja, wieso du in meinem Traum lebst und sonst nicht?"

„Ganz genau werde ich dir das nicht erklären können. Also, im ganzen Universum gibt es viele sogenannte ‚Lebensblasen', in denen es eigene Welten gibt. Aber diese ‚Lebensblasen' berühren sich praktisch nie. Verstehst du das bisher?"

Max nickte zum Verständnis. „Ja, ich glaube schon. Und weiter?"

„Die Welten in den Lebensblasen sind sich manchmal sehr ähnlich, aber doch nicht gleich. Es kommt jedoch gelegentlich vor, dass sich jemand von der einen Blase etwas ganz besonders stark vorstellt, was in einer anderen Lebensblase wahr ist. Und dann berühren sich diese zwei Blasen kurz und es kann eine Vereinigung oder auch ein Austausch stattfinden. Danach trennen sich die Blasen wieder. Hast du das verstanden?"

Max nickte zur Bekräftigung stumm mit dem Kopf.

„Die Blasen sind dann wieder eigene Welten wie vorher, nur mit dem Unterschied, dass irgend etwas untereinander ausgetauscht worden ist und nun zusätzlich in der anderen Welt weiter besteht. Klar?"

„Ja", bestätigte der Junge.

„Nun, und bei uns war das so ähnlich. Dein starker Wunsch nach einem Drachen hat unsere Blasen sich berühren lassen – und so bin ich in deine Welt eingetreten – aber nur als Gedanke oder besser gesagt als Traum von dir. Deine Vorstellungskraft reichte nicht ganz aus, um auch meinen Körper hierher zu bringen. Du hast einen ‚Schleichweg' zwischen unseren Seelen geschaffen."

„So kann ich mir dich im Traum herdenken, wann ich will. Stimmt das?"

„Ja, und wann immer es möglich ist", bestätigte Yiss.

Es entstand eine Pause, die Yiss dem Jungen gewährte, damit er diese Erfahrung verarbeiten konnte. In Max arbeiteten die Gedanken ganz wild durcheinander und er versuchte, darin Ordnung zu schaffen.

Kapitel 11

Wie Yiss über das Fliegen sprach

Während Max noch überlegte, fiel ihm ganz plötzlich ein, Yiss könnte vielleicht in sein Inselparadies hier in dieser Traumwelt zurückfliegen. Er erschrak sehr bei dieser Vorstellung.

„Nein, ich kann nicht zurückfliegen", antwortete Yiss etwas traurig.

„Ich kann nicht über das Meer fliegen. Oder wusstest du das nicht? Außerdem ist meine Welt doch in einer anderen Blase. Schon vergessen?"

„Ja, das habe ich tatsächlich vergessen." Max war zerknirscht. „Wieso kannst du nicht über das Meer fliegen?"

„Hm, wie soll ich das erklären?" Yiss musste angestrengt überlegen. „Ich weiß es nicht genau", gab er zu. „Im Meer leben mächtige Wesen, die nicht gerne wollen, dass jemand über sie hinweg fliegt, ausgenommen die dazugehörigen Tiere, wie Möwen und ähnliche Vögel. Besonders hoch fliegen kann ich noch nicht, denn dann wäre es kein Problem für mich. Die Macht der Meereswesen reicht nicht weit hinauf." Nach einer kurzen Denkpause fragte Yiss Max: „Hast du schon mal geträumt, dass du über das Meer geflogen bist, wenn du überhaupt schon vom Fliegen geträumt hast?"

„Natürlich bin ich schon mehrmals im Traum geflogen." Max überlegte ein wenig, ehe er weiter sprach. „Aber du hast recht, ich kann mich nicht erinnern, jemals über das Meer geflogen zu sein." Da fiel Max etwas ein: „Können denn Ballons unbehelligt über das Meer fliegen?"

„Was ist ein ‚Ballon'?", fragte Yiss neugierig.

„Du weißt nicht, was ein Ballon ist? Also das ist ... Am besten ist, ich zeichne dir kurz auf, was das ist. Oder noch besser, ich habe ein Buch, in dem ist ein Bild eines Ballons abgebildet."

Max stand vom Bett auf und ging um Yiss herum zu dem Bücherregal. Aber es war schon zu dunkel, um Einzelheiten erkennen zu können. Ihm fiel seine Taschenlampe ein, die er immer auf dem Bord neben seinem Bett liegen hatte und ging im Halbdunkel des Raumes auf sein Bett zu, um sie sich zu holen. Yiss sah ihm mit seinen gelb leuchtenden Augen zu. Max tastete auf dem Bord herum, bis er die Taschenlampe fühlte, nahm sie in die rechte Hand und knipste sie ein, ohne zu überlegen, wohin er leuchtete. Der wandernde Lichtschein traf Yiss mitten im Gesicht.

„Sch!", zischte er laut erschrocken. Sein Körper begann von innen zu leuchten. Max staunte sehr, als er das sah. Er knipste seine Taschenlampe schnell wieder aus und sah Yiss fragend an.

„Wie machst du denn das?", fragte er Yiss interessiert.

„Oh, entschuldige bitte. Aber ich habe mich über das wandernde Licht erschrocken. Ist schon in Ordnung."

„Wieso leuchtest du so schön. Wie geht das?" Max war neugierig geworden.

„Alle Drachen können das", antwortete Yiss schlicht.

„Aha", meinte Max.

Der Junge knipste die Taschenlampe wieder an, holte aus dem Bücherregal das Buch heraus, in dem er kürzlich geblättert hatte und schlug es auf seinem Bett auf. Er blätterte so lange, bis er die richtige Seite gefunden hatte.

„Hier ist ein Ballon." Er deutete mit dem Zeigefinger darauf.

„Oh", meinte Yiss dazu. „Und wie fliegt der?"

„Mit Heißluft", erklärte Max. „Es muss wundervoll sein. Du fliegst mit dem Wind und kannst dabei von oben in Ruhe die Welt betrachten. Das muss schön sein."

„Vielleicht ist das der Grund, warum die Wasserwesen nichts tun. – Weil eben der ... Ballon ruhig mit dem Wind fliegt", mutmaßte Yiss.

„Hm, vielleicht", meinte Max. „Ich würde so gerne einmal fliegen, und zwar richtig fliegen", schwärmte Max.

„Ja. Auch ich mag gerne fliegen. Aber dort, wo ich herkomme, ist nur eine kleine Insel und ringsherum ist das Meer. Da kann ich nicht weit fliegen – und es strengt mich auch etwas an."

„Yiss, könnten wir beide nicht zusammen fliegen?", fragte Max spontan?

„Aber natürlich geht das! Du brauchst dich nur hinzulegen und einen neuen Traum träumen, also einen Traum in diesem Traum. Dann können wir zusammen fliegen. Willst du?", fragte Yiss begeistert.

Kapitel 12

Wie Yiss und Max gemeinsam zwei Träume zusammenführten und deren Folgen

Max legte sich auf das Bett, deckte sich zu, schloss voller Ungeduld die Augen und gab Yiss zu verstehen, dass er bereit sei für einen neuen Traum.

„Gut. Versuche ruhig zu atmen ... ein ... aus ... ein ... aus ...", sprach der Drache beruhigend und machte dabei immer zwischen den „ein" und „aus" eine kleine Pause. Es dauerte nur wenige Minuten mit seiner Unterstützung, bis er dann die tiefen, regelmäßigen Atemzüge des Jungen hörte und kurz darauf spürte, dass Max schlief.

Und wieder ‚erwachte' der Junge in seinem Traum mit einem Ruck, der durch seinen ganzen Körper ging. Max schlug die Augen auf, drehte seinen Kopf nach rechts und musste sich erst neu orientieren. Er war immer noch im Kinderzimmer – aber wo war Yiss?

„Ich stehe hinter dir", hörte er leise den Drachen. Max streckte im Bett seinen Kopf so weit nach hinten, wie es möglich war, und da stand tatsächlich der kleine Drache.

„Jetzt bist du im Traum deines Traumes", lispelte Yiss und versuchte dabei zu lächeln. „Wenn du nun aufstehst, können wir beginnen", munterte er Max auf.

Der Junge schlug schnell seine Decke zurück, schwang seine Beine aus dem Bett und stand zwei Sekunden später auf dem Boden.

„Also", forderte Max auf „was muss ich tun?"

„Wie würdest du fliegen wollen?"

„Hm", überlegte Max. „Wenn ich vom Fliegen träume, schwebe ich einfach nach oben."

„Aha. – Und was tust du, wenn du vorankommen willst?"

Max machte mit den Armen automatisch die typischen Brustschwimmbewegungen. „Na, eben so, wie beim Schwimmen."

Max überlegte kurz, dann wollte er vorführen, wie er sich abstoßen würde, um dann im Wasser schwimmen zu können. Er ging dabei kurz in die Knie und stieß sich mit den Beinen vom Boden ab, während er dabei Schwimmbewegungen mit den Armen machte.

Fast wäre er gestürzt, so überrascht war er über seinen ersten Flugversuch. Er flog tatsächlich, wenn auch nur wenig über dem Boden.

„Hey!", entfuhr dem Jungen ein Ausruf der Freude.

Da bewegte sich Klara im Bett nebenan, drehte sich dabei mit dem Körper der Mitte des Raumes zu, wobei Max ihr in die halb geöffneten Augen sehen konnte. Vor Schreck darüber fiel er aus der Höhe eines halben Meters, in der er flog, auf den Boden und landete unsanft auf seinen Knien und Handgelenken. Klara wachte bereits auf, noch ehe er ein unterdrücktes „Aua" herauspresste.

„Was machst du denn da?", fragte seine Schwester verschlafen. „Wieso bist du nicht in deinem Bett?" Da erst gewahrte sie die Anwesenheit von Yiss.

„Yiss!", rief sie begeistert. „Schön, dass du wieder da bist. Wir haben dich so vermisst."

„Sch!", zischte Max. „Du weckst ja Mama und Papa auf."

Erschrocken darüber fasste sich Klara mit der rechten Hand an den Mund und riss ihre Augen schuldbewusst weit auf, wobei sie auch noch ihren Atem anhielt.

„Eure Eltern schlafen noch", beruhigte Yiss die beiden Kinder. „Hallo, Clarence", begrüßte er das Mädchen. „Hast du gut geträumt?", fragte er höflich.

Klara wagte es noch nicht, laut zu sprechen; deshalb nickte sie nur mit dem Kopf, noch immer die Hand vor dem Mund haltend; allerdings waren ihre Augen nicht mehr so weit aufgerissen.

Max hatte sich in der Zwischenzeit vom Boden aufgerappelt und stand vor dem Bett seiner Schwester. Klara nahm ihre Hand langsam von ihrem Mund weg. Flüsternd fragte sie, ob Max denn gerade wirklich geflogen sei. Oder hatte sie das nur geträumt?

Da die Kinder von ihren Eltern zur Wahrheit erzogen wurden, wollte Max Klara nicht belügen; er wollte ihr aber auch nicht die richtige Antwort geben. Seinen ersten, kläglich gescheiterten Flugversuch wollte Max für sich behalten. Doch Yiss kam ihm zuvor. Er lispelte: „Du hast nicht geträumt. Max ist wirklich geflogen, wenn auch nicht weit und hoch. Willst du es auch mal versuchen?"

Klara schaute den Drachen mit großen Augen an und schüttelte stumm, jedoch energisch ihren Kopf zur Verneinung.

„Warum nicht?", wollte Yiss wissen. „Es macht Spaß, fliegen zu können. Wir könnten zum Beispiel einen kleinen Ausflug durch die Nacht machen", schlug der kleine Drache vor.

„Au, fein! Das ist aber eine gute Idee", flüsterte Max lauter. „Komm, Klara. Steh auf und versuche es auch einmal. Es ist ganz einfach. Du musst nur in der Luft schwimmen", ermutigte er seine Schwester. „Schau zu!" Mit diesen Worten ging er wieder etwas in die Hocke, zog dabei automatisch seine Arme an den Körper und faltete seine Hände wie zum Gebet zusammen. Gleich darauf stieß er sich vom Boden mit den Beinen ab, diesmal etwas stärker als vorher, aber mit den gleichen Schwimmbewegungen. Und Max flog diesmal auch höher, ganze eineinhalb Meter. Der Junge war selbst erstaunt, doch am meisten staunte Klara. Sie riss Augen und Mund auf und sah ihrem Bruder zu, wie er sich mit Schwimmbewegungen oben hielt.

„Bravo!", lobte Yiss. „Du kannst das sehr gut." Zu Klara gewandt fragte er: „Willst du es nicht auch mal versuchen?"

„Meinst du, dass ich das auch kann?", fragte sie ungläubig.

„Aber natürlich kannst du das! Versuch es doch einmal und du wirst sehen, wie schön das ist, nicht wahr Max?" Seine letzten Worte waren an den schwebenden Jungen gerichtet.

„Klar", meinte Max nur dazu.

„Also, gut. Ich probier's." Klara deckte sich ab, schwang ihre Beine aus dem Bett und stand auf. „Aber ihr dürft nicht lachen, wenn ich es nicht gleich so gut kann, versprecht mir das", bat sie ihren Bruder und den Drachen.

„Wir versprechen es dir", antworteten Max und Yiss wie aus einem Munde.

Klara ging also auch in die Hocke, wie sie es eben bei ihrem Bruder beobachtet hatte, zog ihre Arme an den Körper und faltete ebenso ihre Hände zusammen und wollte sich abstoßen. Jedoch hielt sie im letzten Moment inne und verharrte in dieser Stellung. „Ich habe Angst", flüsterte sie ganz leise.

„Flieg!", kommandierte Yiss. „Oder muss ich erst nachhelfen?"

Die Drohung wirkte. Klara wusste zwar nicht, was Yiss damit meinte, aber größer als ihre Angst vor dem Fliegen war die vor der

„Hilfe" des Drachen, was immer das sein mochte – und sie stieß sich ab. Klara gelang es auf Anhieb, sich gut in der Luft zu halten. Sie flog nur ein klein wenig tiefer als ihr Bruder, da sie sich nicht so stark abgestoßen hatte.

„Das ist ja toll!", rief sie vor Begeisterung.

„Was ist toll? Dass du gerade deine Mutter geweckt hast?", fragte Yiss.

Es plumpste zweimal, als sich die beiden Kinder auf ihre Betten fallen ließen; jedes in das eigene Bett.

„Ich glaube, sie kommt gleich rüber", zischelte der Drache. „Ich verstecke mich schnell im Schrank." Ein paar Sekunden darauf war er schon im Schrank verschwunden. Er vergaß auch nicht, die Türe hinter sich zuzuziehen.

Währenddessen krabbelten die Kinder in ihre Betten und deckten sich zu. Es war ihnen gar nicht bewusst, dass das Licht noch brannte, das Max eingeschaltet hatte, bevor er mit seinen Flugübungen begonnen hatte. Ihrer Mutter fiel der Lichtschein schon im Flur auf, da die Zimmertüren im oberen Drittel mit einem milchigen Glas versehen waren, durch das man zwar nicht sehen konnte, aber Licht gut durchfiel. Es sollte dadurch tagsüber der dunkle Flur mit natürlichem Licht erhellt werden.

Mariele wunderte sich über das Licht im Kinderzimmer; sie wusste genau, dass sie es wie immer ausgeschaltet hatte, nachdem sie die Kinder zu Bett gebracht hatte. Was war da los? Sie öffnete auch gar nicht besonders leise die Türe und trat auch nicht besonders leise auf die Betten der Kinder zu. Mariele konnte auf den ersten Blick erkennen, dass die beiden nicht schliefen, wenn sie auch so taten.

„Was macht ihr denn um diese Uhrzeit hier?", fragte sie mit müder Stimme. „Warum schlaft ihr denn nicht?"

Da Mariele wusste, dass ihre Tochter sehr redselig war, setzte sie sich auf ihre Bettkante und strich ihr mit der Hand eine Haarsträhne aus der Stirne.

„Oh, Mama!", brach es da aus Klara hervor. „Du weißt ja nicht, was gerade passiert ist."

„Clarence!" Max mahnte seine Schwester, die daraufhin erschrocken zusammenfuhr, da sie sich an ihren Schwur erinnerte.

Aber Mariele wusste, dass ihre Kinder ein Geheimnis miteinander teilten und versuchte nun behutsam, diesem auf den Grund zu gehen.

„Also, was war gerade los?", fragte sie. „Was geht hier vor sich?"

Klara fiel gerade eine mögliche Antwort ein und sprach diese auch laut aus. „Weißt du, Mama, ich habe geträumt, dass ich geflogen bin und weil Max wach war, habe ich es ihm gezeigt, wie ich das gemacht habe. Soll ich es dir auch zeigen?" Schon wollte sich Klara abdecken, um im Bett aufzustehen.

„Du bleibst jetzt schön liegen und wirst wieder weiter schlafen. Und das gleiche gilt auch für deinen Bruder", wobei sich Mariele zu Max hinüber wandte. Sie hatte keine Lust, um diese Zeit das Geheimnis ihrer Kinder genau zu ergründen. Beiden gab sie noch einen kurzen Kuss und wollte gerade die Türe öffnen und das Licht ausschalten, als ihr auffiel, dass aus dem Kleiderschrank, in dem Yiss sich versteckt hielt, etwas herauslugte. Sie ging die drei Schritte zum Schrank, öffnete die Türe, sah, dass es das Band eines der Kleider von Klara war, steckte das Bandende in den Schrank zurück und schloss die Türe wieder – ohne Yiss, der auf der linken Seite des Schrankes kauerte, zu sehen. Dann erst verließ sie das Zimmer, wobei sie vorher das Licht ausschaltete. Mariele sah noch kurz in die Küche, in der die Katze sich nachts über aufhielt und entdeckte sie, wohlig liegend, auf ihrem Lieblingsplatz, dem Kissen auf der

Fensterbank. Die Katze sah durch das eingeschaltete Licht geblendet vorwurfsvoll zu Mariele, um ihr Köpfchen gleich darauf wieder auf ihre Vorderpfoten zu legen. Mariele schaltete das Licht aus, schloss die Türe und ging zurück in das Elternschlafzimmer, wo sie sich in das Bett legte. Es dauerte eine geraume Weile, bis sie wieder einschlafen konnte.

Kapitel 13

Wie Yiss eine neue Bekanntschaft machte

Yiss traute sich lange nicht aus dem Schrank heraus, und dann waren die Kinder doch bald wieder eingeschlafen – zurück in den wahren Traum des Jungen. Darüber war der Drache ein wenig traurig, aber schließlich waren es Menschen und sie brauchten ihren richtigen Schlaf, egal in welcher Lebensblase. Das war Yiss bereits von den Menschen ‚seiner' Insel bekannt. Es blieb ihm nichts anderes übrig, als zu warten – oder zur Katze zu gehen. Fäh würde sich sicherlich freuen, wenn er bei ihr vorbeischaute, hoffte er. Yiss verließ sein Versteck und schlich sich aus dem Zimmer und leise den Flur entlang zur Küche, in der die Katze eingesperrt war. Yiss klopfte nicht an die Türe, sondern benutzte die Telepathie. Vorsichtig suchte er nach dem Wesen hinter der Türe – aber auch die Katze schlief fest. Fäh bemerkte sogar im Schlaf den tastenden Geist des Drachen und bewegte ihre Ohren, jedoch wachte sie nicht auf.

Das stimmte Yiss traurig. Es kam ihm zu Bewusstsein, dass er wirklich allein war – hier genauso wie im Wachzustand des Jungen. Er musste sich immer gedulden, bis jemand im Traum für ihn Zeit hatte. Aber es drängte ihn nach Taten. Wenn er doch nur wüsste, wie er die komischen Bilder (er meinte den Fernseher damit) sehen konnte. Und wieder wurde ihm bewusst, wie fremd er hier doch war. Yiss ging leise in das offen stehende Wohnzimmer und stellte sich an eines der beiden Fenster, deren Vorhänge nicht vorgezogen waren und sah hinaus in das Dunkel; obwohl – dunkel war es eigentlich gar nicht. Irgendwo leuchtete es da links vom Fenster, dessen Ursache Yiss nicht sehen konnte, weil der davor stehende Baum die Sicht verwehrte. Das Licht schien so eigentümlich, wie die Nachtsonne, was die Menschen Mond nennen, doch etwas weniger hell und es hatte ein anderes Farbspektrum. Das empfand der kleine Drache nur so, aber er hätte es nie in Worte auszudrücken gewusst. An den Blättern des davor stehenden Baumes sah Yiss, dass sich die Luft draußen nur wenig rührte. Es musste eine schöne warme Nacht sein, mit viel guter Luft! Und der Drache bekam plötzlich großes Heimweh. Da, wo er herkam, würde er jetzt die Wellen rauschen hören und einzelne Nachtvögel würden ihm zurufen, was sie gerade essen oder sonst tun würden, da sie wussten, dass er lange Zeit keinen Schlaf benötigte und sich langweilte. Da lief dem kleinen Drachen eine Träne aus seinem rechten Auge und bewegte sich auf das Ende seiner Nüsternspitzen zu, wo sie dann als kleine, winzige Dampfwolke entschwand. Dieser einen Träne folgten aus beiden Augen weitere und immer weitere, die alle verdampften, bis es in dem Wohnzimmer richtig schwül geworden war.

„Was kann ich bloß tun?", überlegte Yiss. „Wie komme ich hier wieder weg?" Und die Tränen rollten weiter und weiter und verdampften eine nach der anderen, bis sie plötzlich versiegten, als ihm eine glänzende Idee kam.

Er brauchte ja hier nur wegzufliegen, wohin er wollte – und schon war Yiss wieder glücklicher. Er strengte sich bei der Überlegung an, wohin er jetzt wollte. Doch es fiel ihm nichts ein, da der kleine Drache ja nicht mehr auf seiner Insel war und sich hier noch gar nicht auskannte.

„Macht nichts", dachte er bei sich. „Du wirst dich einfach hier umsehen und dann kennst du dich schon aus." Er wollte ganz einfach auf den Fußweg gegenüber der Straße, die er vom Fenster aus sah und ergriff mit seinem rechten Händchen den Hebel des Fensters, ganz so, wie er es zu Anfang bei Max gesehen hatte, als dieser das Fenster schloss. Doch soviel er auch daran rüttelte, das Fenster ließ sich nicht öffnen. Yiss merkte schnell, dass dies wohl falsch war und versuchte sich, genauer zu erinnern, wie Max das Fenster schloss. Der Junge hatte den Griff in der Hand, daran konnte sich der kleine Drache noch ganz gut erinnern. Und was tat er dann? Yiss konzentrierte sich auf die erste Begegnung und versuchte, vor seinem geistigen Auge die Situation zu wiederholen. Ja natürlich! Der Hebel muss gedreht werden! Der kleine Drache versuchte es erst mit einer Drehung nach links, und als das nicht ging, drehte er den Hebel nach rechts. Und schon konnte er das Fenster öffnen. Er atmete die Nachtluft tief ein, merkte jedoch sogleich, dass sie stank, ganz komisch sogar. Das hatte er noch nie gerochen und er wollte dem komischen Geruch auf den Grund gehen – aber wie? Er musste versuchen, irgendein Wesen zu finden, das er fragen konnte. Er schickte seinen Seelenkundschafter aus – ja er schickte sogar mehrere aus, bis er endlich nach einigen verstrichenen Minuten auf eine streunende Katze traf, die nicht weit entfernt auf Beutefang war. Yiss bemerkte, dass sich die Katze auf ein Objekt konzentrierte und störte sie deswegen vorerst nicht. Jedoch sind Straßenkatzen anders als ‚Stubentiger'; diese hier merkte sofort den tastenden Geist von Yiss. Zuerst versuchte die Katze, den Störenfried zu ignorieren, doch sie merkte die Fremdartigkeit und brach diesen Beutezug ab – und zwar sehr ärgerlich, da sie sich eine schöne fette Ratte entgehen lassen musste, der sie schon seit geraumer Zeit nachstellte und heute endlich das Glück hatte, sie aufgespürt und in die Enge getrieben zu haben. Deshalb fiel ihre Begrüßung alles andere als freundlich aus.

„Komm her, du Nichtsnutz! Warum störst du meine Jagd?", schnauzte sie telepathisch Yiss an.

Der Drache, der eine solche Behandlung noch nie erlebt hatte, erschrak zuerst, und er wusste nicht gleich, ob ihm diese Begrüßung galt oder jemand anderem.

„Ja, ja! Dich meine ich schon du, du ..." Auf einmal wurde der Katze bewusst, dass sie dieses Wesen gar nicht kannte, das sie gerade angeschnauzt hatte.

„Was bist du eigentlich?", fragte sie zwar weniger kampflustig aber immer noch nicht freundlich. „Zeig dich doch endlich, damit ich weiß, wer du bist!", forderte sie.

Der völlig verunsicherte Drache zögerte erst, schwebte langsam hoch zum Fenstersims, stieg vorsichtig mit einem Beinchen auf das metallene Fensterbrett, stieß sich dort etwas ab und glitt mit ausgebreiteten Flügeln ohne einen einzigen Flügelschlag in die Richtung, in der einer seiner Seelenkundschafter die Katze ausfindig gemacht hatte, also schräg rechts an die Ecke der Straßenkreuzung, um von dort noch weitere fünf Meter zu einer Tordurchfahrt mit seinen kurzen Beinchen zu watscheln. Es wäre unhöflich gewesen, direkt bis zur Katze zu fliegen. Man weiß sich ja schließlich zu benehmen. Unter Drachen gilt es als sehr unhöflich, wenn nicht gar unverschämt, sich Fremden einfach so zu nähern. Das erste Kennenlernen musste immer mit ein paar passenden Worten eingeleitet werden – so wie Max den Drachen zum Beispiel aufforderte, in das Zimmer zu fliegen.

Die Katze hörte um die Ecke ein seltsames, watschelndes Gehen und ein Schleifen (das war der Schwanz des Drachen), weshalb sich ihr langsam alle Haare sträubten und sie unwillkürlich einen Buckel machte, um sich ihrem mutmaßlichen Feind zu stellen. Als jedoch Yiss sich näherte, keine drei Schritte mehr von der Ecke zur Toreinfahrt entfernt, nahm die Katze zuerst einen riesigen, unförmigen Schatten, den die Straßenlaterne warf, wahr. Die herrenlose Straßenkatze verlor beinahe die Nerven und wäre fast haltlos weggerannt.

„Nein. Bitte, geh' nicht weg!", bat Yiss flehentlich und blieb stehen. „Ich tue dir nichts. Ich will dich nur etwas fragen."

Die Katze war sich nicht sicher, ob das ein Trick war oder nicht. „Bleib' da drüben stehen. Ich komme zu dir hinüber." Auf keinen Fall wollte sie die Stelle, an der sie die Ratte in die Enge getrieben hatte, einem anderen verraten. Dies war ihre Ratte – basta! Ein wenig wackelig fühlten sich ihre vier Beine an, als sie auf den riesigen Schatten zuging – alle Muskeln gespannt, um bei der kleinsten Unstimmigkeit sofort die Flucht ergreifen zu können.

Der Drache spürte, dass die Katze Angst vor ihm hatte und versuchte sie zu beruhigen. „Bitte erschrick nicht, wenn du mich siehst. Du bist nur noch ganz wenig von mir entfernt", warnte Yiss die Katze.

Ganz langsam bewegte sich die Katze auf das Eck der Toreinfahrt zu – alle Nerven zum Zerreißen gespannt. Ihre beiden Ohren waren so weit vorgerichtet wie noch nie. Die Augen weit geöffnet schob sie ihren Kopf millimeterweise am Hauseck vorbei, bis sie links von sich eine wesentlich kleinere Gestalt sah, die dem Schatten auf dem Boden sehr ähnlich war. Völlig verblüfft über das seltsame Wesen vergaß sie ihre Angst. Sie setzte sich dem Wesen gegenüber in Katzenmanier aufs Hinterteil, die vorderen Beine gestreckt und den Schwanz in einem eleganten Bogen um die Beine gelegt.

„Hey, was bist du denn für ein komischer Kauz?", entfuhr es der Katze. Ihre Manieren hatte sie schon vor langer Zeit vergessen, da sie erfahren musste, dass sie ihr im Leben auf der Straße nur hinderlich waren. „Wo kommst du denn her und was bist du denn eigentlich?", fragte die Katze nun neugierig.

„Mein Name ist Yiss – und ich bin kein komischer Kauz, sondern ein Drache – ist das klar?" Yiss versuchte in der selben Art lispelnd zu antworten.

„Das gibt's ja gar nicht!", protestierte die Katze. „Die sind doch schon lange ausgestorben, die Biester."

Jetzt fühlte sich Yiss verletzt. Das hätte die Katze nicht sagen dürfen – Biester. „Was bildest du dir eigentlich ein? Bloß weil du noch keinem anderen Drachen begegnet bist, musst du dich nicht gleich so beleidigend benehmen. Adieu", antwortete Yiss, drehte sich auf seinen Beinchen um und wollte weggehen.

„Hey, Kamerad. Ich hab's doch nicht so gemeint", warf die Katze versöhnlich ein. „Bleib' doch da. Ich bin übrigens Jack, der Schrecken der Hecken, meinen jedenfalls die Ratten der Umgebung. – Klingt gut, nicht wahr?"

Yiss war immer noch ein wenig beleidigt. Doch schließlich war ihm der Kontakt wichtiger. „Bist du auch eine Katze?", fragte er etwas neugierig, während er sich wieder dem Kater zuwendete.

„Na, was denkst denn du? Ein Schwein bin ich jedenfalls nicht – und schon gar nicht eine Ratte."

„Was ist ein Schwein und was ist eine Ratte, Jack?"

„Mann! Lebst du auf dem Mond oder bist du gerade geboren worden?" Jack war über diese Frage verdutzt.

Yiss wusste nicht, wie das mit dem Mond gemeint war und ‚geboren' wurde ein Drache sowieso nicht. Darüber wollte er mit dem Kater nicht streiten, jedenfalls jetzt nicht.

„Also, du bist eine Katze", stellte Yiss schlicht fest. „Ich brauche deine Hilfe, Jack."

Der Kater überging Yiss' Bitte und berichtigte selbstbewusst: „Ich bin ein Kater! – Sag' mal, woher kommst du eigentlich? Du bist wohl fremd? Und was in Dreiteufelsnamen tust du hier?"

Yiss sah etwas verlegen aus über die vielen Fragen der Katze, aber er antwortete höflich auf die erste Frage, wie er hierher kam, und dass er sich tatsächlich gar nicht auskannte. Doch mit dem Ausdruck „in Dreiteufelsnamen" wusste er nichts anzufangen, da er die drei Teufel gar nicht kannte, um die es doch wohl ging.

„Das ist nur so eine Redensart", erklärte ihm Jack. „Ich meinte damit, was du tun willst?"

Yiss wusste keine Antwort darauf. Anstatt einer Antwort fragte er den Kater, was man denn so alles hier auf der Straße tun könne. Seine eigentliche Frage, warum es hier so seltsam roch, hatte Yiss inzwischen völlig vergessen.

Obwohl Jack es eigentlich nicht sagen wollte, entglitt ihm vorschnell die Antwort, dass man Ratten jagen könne – schöne fette Ratten. Sie schmecken zwar nicht besonders, aber die Jagd mache einen Mordsspaß, da sich Katzen und Ratten von der Intelligenz her etwa gleich sind. Die Mäusejagd diene nur zur Ernährung – sei aber kein Sport, da Mäuse dumm seien.

Yiss entfuhr vor Schreck über die brutalen Gedanken des Straßenkaters eine kleine Rauchwolke aus dem Mund.

Jack war so erschrocken, dass er einen Katzenbuckel machte.

„Wie hast du denn das gemacht?", wollte er wissen, nachdem er sich wieder beruhigt hatte.

„Oh, tut mir leid. Aber mich ekelt vor so was, ich meine Tiere töten und essen." Nach einer kurzen Pause fragte der Drache interessiert: „Wieso tötest du Ratten, wenn du sie gar nicht essen willst?"

„Du lebst wirklich hinter dem Mond. Ratten sind ... verschlagen und böse – fast so wie Menschen."

„Menschen sind nicht so!", widersprach Yiss sofort.

„Sie sind zwar nicht besonders klug, aber sie können sehr nett sein, jedenfalls die Menschen, die ich bisher kennengelernt habe."

„So, du kennst Menschen?", forschte Jack misstrauisch nach. „Magst du sie wirklich?"

Der Drache war über eine solche direkte und herausfordernde Frage verblüfft. Was hatte Jack für ein Misstrauen gegenüber den Menschen. Woher kam das? Und Yiss beschloss, der Sache auf den Grund zu gehen.

„Wieso magst du keine Menschen?", fragte er deshalb den Kater.

Dem Straßenkater sträubten sich unbewusst die Barthaare und er legte seine Ohren kampfbereit an den Kopf an. Yiss entging diese Reaktion des Katers nicht, doch er war geduldig genug, ihm Zeit zu lassen, um sich zu beruhigen. Nachdem sich Jack wieder entspannt hatte, fing er an zu erzählen.

„An meine Kindheit erinnere ich mich nur ganz dunkel. Wir waren vier Geschwister, zwei Schwestern und zwei Brüder. Wir wuchsen gleich dort drüben bei den großen Blechkisten auf Eisenbändern auf. Die Menschen nennen die großen Blechkisten ‚Waggon' und die Eisenbänder ‚Geleise'. – Meine Mutter versteckte uns in einer Holzkiste, die unter einem Gebüsch verborgen lag, bis wir dafür zu groß wurden. Dann ging der Ärger los. Einer der Menschen sah, wie wir beim Spielen herum tollten. Plötzlich fiel meine ältere Schwester tot um, nachdem es furchtbar gekracht hatte. Wir alle liefen auf und davon, dabei wurde mein jüngster Bruder totgefahren und meine Mutter fiel nach dem nächsten Krach auch tot um. Dann blieben nur noch meine jüngere Schwester und mein jüngerer Bruder. Wir waren noch klein. Unsere Mutter brachte uns zwar schon die ersten Mäuse zum Essen, aber selbst gefangen hatten wir bisher noch keine einzige. Wir versteckten uns bis zur Nacht mit klopfenden Herzen in einem großen Busch und erst als es ganz ruhig geworden war, trauten wir uns wieder hinaus. Wir suchten uns Abfall von den Menschen, um zu überleben und tranken Wasser, das nicht besonders gut war. Meine Schwester starb ein paar Tage später, weil sie krank geworden war und weil sie unsere Mutter sehr vermisste. Mein Bruder und ich fingen an zu jagen, aber es dauerte lange, bis wir unsere erste Maus hatten und dann stritten wir auch noch darum vor Hunger. Ich schlug meinen Bruder in die Flucht und sah ihn seit dem nie wieder. – Und das alles wegen der Menschen."

Yiss rannen vor Mitgefühl Tränen aus den Augen, die an seinen Nüsternenden verdampften, was Jack erst jetzt bemerkte, nachdem er eine Pause eingelegt hatte. Der Kater war so verblüfft, dass er nur glotzte.

„Hey! Wie machst du das?", wollte er wissen.

„Ich bin traurig über deine Geschichte und da muss ich eben weinen", antwortete Yiss.

Jack wurde verlegen. Noch nie hatte jemand Mitgefühl für ihn gezeigt, außer vielleicht seiner Mutter. Er schleckte sich aus Verlegenheit die rechte Pfote, indem er diese hob und mit der roten Zunge beleckte. Als Jack spürte, dass der Drache sich beruhigt hatte, hörte er damit auf und saß wieder friedlich da wie vorher.

„Schade", meinte Yiss, „dass du so schlechte Erfahrungen mit den Menschen machen musstest, doch ich kann dir versichern, dass nicht alle so sind. Die Familie, zu der ich gekommen bin, würde nie so etwas tun." Yiss überlegte angespannt, bis ihm eine glänzende Lösung einfiel. Eifrig schlug er dem Kater vor, ihn dorthin mitzunehmen, um es ihm zu beweisen, aber der Kater schlug entschieden den Vorschlag ab.

„Und wie stellst du dir das vor?", fragte Jack zweifelnd.

„Ganz einfach: ich nehme dich auf meine Arme und gleich sind wir dort", antwortete Yiss schlicht.

„Nein. Das klappt nicht. Sie würden dich hinauswerfen, wette ich. Außerdem wäre ich dann eingesperrt und das möchte ich ganz bestimmt nicht sein", weigerte sich Jack.

„Schade. Ich habe es doch nur gut gemeint", lispelte Yiss enttäuscht über die Abweisung seiner glänzenden Idee.

„Sei nicht traurig, Yiss", tröstete der Kater den Drachen. „Es ist halt mal so. Und die Abenteuer, die ich jetzt erlebe, sind mir tausendmal lieber als eine langweilige Wohnung der Menschen."

„Aber was tust du jetzt?", fragte Jack nach einer kleinen Weile den Drachen.

„Ich glaube, ich gehe vorerst zurück zur Familie. Ich muss den Jungen, Max heißt er, noch vieles fragen, bevor ich heimkehre", antwortete Yiss.

„Leider kann ich mich nicht mehr lange mit dir unterhalten. Ich muss mir noch die fette Ratte holen. – Wenn ich sie noch erwische", dachte Jack heimlich, was Yiss natürlich auch ‚hören' konnte.

„Ich wünsche dir viel Erfolg bei der Jagd", wünschte Yiss. „Ich hoffe, wir treffen uns bald wieder. Jedenfalls habe ich mich sehr über deine Bekanntschaft gefreut", beteuerte Yiss.

„Auf bald, Kumpel. Habe mich auch gefreut, auch wenn du noch sehr naiv bist." Der Straßenkater verabschiedete sich auf seine Art, stand auf, reckte sich von vorne bis hinten, gähnte und ging fort, ohne sich noch ein einziges Mal umzudrehen.

Yiss seufzte tief und sah Jack nach. Dies war eine ganz neue Erfahrung für ihn gewesen, die er erst verarbeiten musste. Und der beste Ort dafür war der Schrank der Kinder. Yiss drehte sich um, breitete seine langen Flügel aus und schlug ein wenig damit, nachdem er sich mit seinen kurzen Beinchen vom Boden abgestoßen hatte und flog zurück zu dem offenstehenden Fenster im ersten Stock des Hauses, gerade noch, bevor ein Taxi aus der Hauptstraße in die Seitenstraße einbog, in der Yiss eben noch stand. Der Taxifahrer konnte zwar noch einen Schatten aus dem Augenwinkel erkennen, aber dann war nichts mehr da. Er fühlte sich schon sehr müde. Er parkte mit dem Taxi ein, da nun seine Nachtschicht beendet war. Die Sterne waren bereits verblasst und der Morgen fing an zu grauen. Der kleine Drache schloss das Fenster sacht und schlich zurück in „seinen" Schrank. An dieser Stelle endete der Traum des Jungen über Yiss in dieser Nacht. Max träumte nur noch oberflächlich weiter – aber nicht mehr von Yiss.

Kapitel 14

Max verspricht Hilfe für Yiss

Max wachte in seinem Bett auf. Sein suchender Blick viel neben das Bett, aber Yiss war nicht da. Deshalb stand er auf und ging zum Schrank, öffnete die Türen und suchte dort nach Yiss. Doch der Drache versteckte sich nicht darin.

„Bin ich jetzt wieder richtig wach?", fragte sich der Junge irritiert.

Der Stoffdrache! – Max rannte zum Bett und schlug die Bettdecke zurück, doch der Stoffdrache war nicht zu sehen. Max stiegen Tränen vor Verzweiflung in die Augen.

„Träum' ich noch – oder bin ich wach?", fragte er sich laut. Er riss die Bettdecke auf den Boden – und da lag der Stoffdrache, ganz am Fußende des Bettes. Der Junge hatte ihn wohl in der Nacht hinunter gestrampelt. Max legte den Drachen auf sein Kopfkissen, nahm die Bettdecke vom Boden auf, warf sie auf sein Bett und wollte eigentlich gleich wieder darunter kriechen. Er entschied jedoch, vorher noch die Toilette aufzusuchen, verließ leise das Zimmer, ohne die Türe hinter sich zu schließen, und schlich den dunklen Flur entlang bis zur Toilette. Die gleiche Idee hat wohl auch sein Vater, denn als Max in Höhe des Elternschlafzimmers ankam, schlich sein Vater aus dem offenen Zimmer. Beide erschraken bis ins Herz, als sie sich begegneten.

„Was machst du denn hier?", flüsterte der Vater des Jungen.

„Ich muss mal schnell", antwortete Max kurz und lief vor seinem Vater zur Toilette. Kurz darauf verließ er sie wieder, während sein Vater sich im Bad die Haare frisierte.

„Du kannst." Max lugte dabei kurz in das Bad, ehe er zurückging ins Kinderzimmer. Er schloss leise hinter sich die Türe, ging zum Bett und nahm den Stoffdrachen in seinen linken Arm, nachdem er sich wieder ins Bett gelegt hatte.

„Yiss", flüsterte er zum Stoffdrachen gebeugt, „hörst du mich?"

Doch Yiss wollte wohl nicht hören, denn er gab keine Antwort. Max kuschelte sich tiefer in die Bettdecke und drückte den Stoffdrachen fest an sich. Da fiel ihm der Traum über das Fliegen ein. Er überlegte, ob er es jetzt gleich wieder probieren sollte, aber er verschob es auf später. Schon einige Minuten später wurde Max wieder müde und schlief ein.

Darauf hatte Yiss gewartet. Er weckte Max in seinem Traum auf, indem er ihn am Arm stupste. Der Junge „wachte" in seinem Traum auf – und sah Yiss. Da wusste er, dass er wieder träumte.

„Hallo, Yiss!", begrüßte er ihn.

„Max, kannst du mir etwas erklären?" Yiss fragte den Jungen übergangslos, so neugierig war er schon. „Wieso können Menschen so böse sein?"

„Was meinst du damit?", fragte der Junge verdattert.

Der Drache erzählte dem Jungen seine Begegnung mit dem Straßenkater in der vergangenen Nacht, weil Max sich an den Traum nicht mehr erinnern konnte, und fragte wiederholt zum Schluss, warum die Menschen sich so benehmen würden.

Max überlegte, bevor er antwortete. „Ich glaube, Yiss, das fragen sich die Menschen selbst. Ich weiß es nicht. Vielleicht haben sie keine so lieben Eltern gehabt wie Clarence und ich", bedachte er.

„Ja, vielleicht", überlegte Yiss.

„Ich habe ihm angeboten, ihn zu euch zu bringen, damit er andere Menschen kennenlernen kann. Aber er wollte nicht", gab Yiss enttäuscht zu.

„Oh, Yiss! Ich glaube, meine Eltern hätte der Schlag getroffen, wenn plötzlich ein Straßenkater hier aufgetaucht wäre. Denn woher sollte er kommen?", gab Max zu bedenken.

„Du hast recht. Daran habe ich gar nicht gedacht. Und Fäh hätte ich auch fragen müssen, nicht wahr."

„Genau!", bestätigte Max.

Es entstand eine kurze Pause zwischen dem Jungen und dem Drachen, in der jeder seinen Gedanken nachhing.

„Schlaf jetzt noch ein wenig, Max. Wir sehen uns bald wieder", schlug Yiss dem Jungen vor und legte sein rechtes Händchen auf die Schulter des Jungen, die unter der Bettdecke herausschaute.

„Wir sehen uns bestimmt?", fragte Max misstrauisch.

„Ja, natürlich. Du bist doch mein Freund, Max."

Mit diesen Worten schickte der Drache dem Jungen beruhigende Gedankenwellen zu, die Max schläfrig machten; schon nach kurzer Zeit schlief er wieder ein.

Etwa eine Stunde später wachte er in seiner realen Welt auf. Yiss verblieb in der Traumwelt des Jungen. Es war schon eigenartig: auch wenn der Junge nicht träumte, blieb diese Traumwelt bestehen, weil diese Welt im Unterbewusstsein dieses jungen Menschen Bestand hatte. Allerdings war der Drache, während Max nicht schlief, sehr stark eingeschränkt. Er konnte nur beobachten, was um ihn herum geschah. – Yiss langweilte sich sehr! – Irgendwie musste das geändert werden – aber wie? Der kleine Drache versuchte sich darauf zu konzentrieren, wie er genau in diese Welt kam:

Also, in seinem Zuhause begann gerade ein starkes Gewitter, so dass er sich von seinem großen Lieblingsbaum in seine Lieblingshöhle in Sicherheit begeben wollte. Yiss mochte Regen gar nicht gerne. Es prickelte und kitzelte auf seiner schwarzen Samthaut und er hatte das Gefühl, sich ständig kratzen zu müssen. Er wusste, dass sich das erst ändern würde, wenn er seine Schuppen hatte. Aber das dauerte ja noch sooo lange.

„Ich muss mich konzentrieren", ermahnte sich Yiss und glitt mit den Gedanken zurück zum Gewitter. Irgend etwas an dem Gewitter war anders als sonst, und der kleine Drache hatte schon einige Gewitter erlebt. Bei einem heftigen Gewitter wurde sogar einer der goldhäutigen Menschen durch einen Blitz verletzt, da er nahe diesem Menschen einschlug und die Hitze einen Arm des Mannes etwas ansengte. Zum Glück heilte die Wunde bald wieder.

„Yiss, du musst dich konzentrieren!", schalt er sich wieder. Was war an ‚seinem' Gewitter anders? Yiss erinnerte sich an eine grünliche Färbung des Himmels, bevor es anfing. Aber das war nicht das erste Mal. Die Menschen waren bereits in ihren selbstgemachten Höhlen. Yiss stellte sich die Hütten aus Palmwedeln vor. Und auch die Vögel waren bereits in ihren sicheren Schlafbäumen. Die Schlangen hatten sich auf die höher gelegenen Bereiche der Insel geflüchtet und da wusste Yiss, dass es wohl stark regnen würde. Er hatte gerade beschlossen, seinen Platz auf einem großen Ast zu verlassen, als die ersten Blitze vom Himmel herab zuckten. Natürlich fürchtete sich der kleine Drache nicht vor den Blitzen. Er wusste ja, dass Blitze kleine Dimensionsrisse bedeuteten, die manchmal von einer zur anderen Lebensblase zucken. Bis dahin war alles normal. Was war das mit den Blitzen? Verbindung zwischen Lebensblasen? Das muss es gewesen sein! Aber warum traf es nur ihn? Warum riss es nur ihn weg? Was dachte oder fühlte er gerade in diesem Moment? Yiss überlegte angestrengt, aber er konnte sich beim besten Willen nicht mehr daran erinnern. Oder doch? Hatte er sich nicht gerade in jenem Moment vorgestellt, wie schön es wäre, mal etwas anderes zu erleben? Zwar liebte er die Menschen sehr, die auf seiner Insel lebten, obwohl sie anfänglich sehr zurückhaltend und manche ihm gegenüber sogar feindlich eingestellt waren. Doch hatten sich alle inzwischen an ihn gewöhnt, erst recht, nachdem er sich mit ihnen in ihrer Sprache unterhielt. Auch mit den Tieren verstand er sich prächtig. Yiss war jedoch überaus wissbegierig und sehnte sich sehr nach mehr – nach einem Abenteuer. Ja, und das war es wohl auch, was ihn in diese Welt verschlug – und die Sehnsucht des Jungen nach einem Drachen. Selbstverständlich hatte er sich schon überlegt, ob er sich in seine Lebensblase einfach zurückdenken konnte. Nur leicht ist das nicht. Ein abweichender Gedanke im entscheidenden Moment und er würde in einer ‚falschen Welt' landen. Das wollte Yiss auf jeden Fall vermeiden. Wenn, dann wollte er gleich in SEINE Heimat zurückkehren.

Nun ja. Da er momentan auf keine Lösung kam, sollte er wohl das Beste aus der Situation machen. Auch hatte er sich überlegt, sich in den Träumen der Eltern von Max und Klara zu zeigen, denn dann wäre es vielleicht möglich, in Max reale Welt zu kommen. Das müsste noch um vieles aufregender sein als die Traumwelt – und dann könnte Yiss dauernd etwas erleben. Aber zuerst musste er warten, bis der Junge wieder schlief. Dann käme Yiss dran.

Endlich ging Max in sein Bett. Mariele staunte, da ihr Sohn freiwillig früh ins Bett ging. War Max am Ende krank? Sie prüfte seine Stirne unauffällig, als sie ihm ihren Gute-Nacht-Kuss auf die Wange drückte. Max duldete schon seit seinem 4. Lebensjahr nicht mehr, dass sie ihn auf den Mund küsste. Aber Mariele konnte keine erhöhte Temperatur feststellen. Dann gab sie Klara einen Gute-Nacht-Kuss auf den Mund, deckte Klara gut zu und verließ das verdunkelte Kinderzimmer, nachdem sie beiden schöne Träume gewünscht hatte.

„Hoffentlich träume ich wieder vom Fliegen", wünschte sich Klara, schon etwas schläfrig werdend. Max sagte nichts dazu. Er hielt den schwarzen, anschmiegsamen Stoffdrachen fest in seine linke Armbeuge geklemmt, damit er ihm nicht auskäme. Man weiß ja nie. „Hörst du mich, Yiss?", fragte er leise. Natürlich hörte ihn Yiss. Aber diese Nacht ließ Yiss die Kinder ungestört schlafen. So gab er erst mal keine Antwort. „Yiss, hörst du mich?", wiederholte Max seine Frage. Der Drache wollte eigentlich nicht antworten, aber Max tat ihm leid. Also überlegte er es sich und antwortete doch. „Ich höre dich, Max."

Max seufzte tief vor Erleichterung. „Ich freue mich schon auf dich. – Hilfst du mir bitte wieder, dass ich dich treffen kann?", bat Max flehentlich.

Dieser Bitte konnte Yiss nicht widerstehen. Na gut, es dauert nicht lange, dann muss Max ja doch schlafen. Deshalb versprach er dem Jungen seine Hilfe. Max war diesmal so aufgeregt, dass er nicht sogleich einschlafen konnte. Er hörte schon die regelmäßigen Atemzüge Klaras, die bereits tief schlief. Nach einiger Zeit übermannte Max endlich auch die Müdigkeit. Yiss wartete diesmal mit dem Wecken in Max Schlafwelt. Der Junge benötigte schließlich seinen Schlaf. Erst, nachdem es draußen ganz dunkel war, machte sich der Drache bemerkbar, zog das Unterbewusstsein von Max auf sich und weckte ihn wie gewohnt in seiner Traumwelt auf. Der Junge war anfangs etwas orientierungslos, begriff jedoch schnell, wo er war, als er den kleinen schwarzen Drachen mit den gelb-leuchtenden Augen und den violetten Lippen neben seinem Bett stehen sah. Max grinste von einem Ohr zum anderen, so freute er sich über das Wiedersehen. „Hallo, Yiss", begrüßte er seinen Freund. „Hallo, Max", lispelte Yiss. Im ersten Moment wusste Max gar nicht, was er mit Yiss reden könnte. Da erinnerte er sich wieder, dass er Yiss wegen seiner Art zu lispeln fragen wollte.

Bevor Max seine Frage stellen konnte, hatte Yiss die Gedanken gelesen und antwortete: „Tja, du würdest das vielleicht einen Sprachfehler nennen. Es liegt daran, dass unsere Arten unterschiedlich sind. Du bist ein Mensch und ich bin ein Drache. Du hast Zähne im Mund und ich auch, aber anders. Du beißt Materie damit und ich nicht. Deine Zunge ist kurz und meine lang."

„Zeig mal bitte deine Zunge", bat Max den Drachen. Bereitwillig öffnete Yiss seinen mit tiefvioletten Lippen umrahmten Mund und ließ Max hinein sehen. Da staunte Max nicht schlecht. In Yiss rot leuchtendem Mund steckte eine große Anzahl kleiner, spitzer Zähne und im Unterkiefer war die leicht gespaltene Zunge, die gar nicht so lange schien. Sie schien feuerrot, wie eine rote Ampel.

„Wieso ist deine Zunge so rot?", bohrte Max weiter. Diesmal überlegte Yiss, bevor er antwortete. „Das weiß ich noch nicht, Max", gab Yiss zu. Wie sollte der kleine Drache auch wissen, dass dies mit der Eigenschaft, Feuer zu speien, zusammenhing. Denn bisher hatte Yiss kein einziges Mal Feuer speien müssen. Denn das würde bedeuten, dass er in Wut oder Zorn geraten wäre oder dass er einen großen Schrecken erlebt hätte. Doch davon ahnte Yiss selbst noch nichts. Genau genommen war er ja noch ein Drachenbaby – unschuldig und vertrauensselig, wie alle jungen Wesen der Welt. Der einzige Unterschied bestand darin, dass Drachen mit einem bestimmten Grundwissen auf die Welt kommen. Doch das alles sollte Max viel später erfahren.

Max musste erst mal so viele Neuigkeiten geistig verdauen. Nach einer ganzen Weile wandte er seine Aufmerksamkeit wieder dem Drachen zu. „Was deine Eltern wohl sagen, wenn du einfach so verschwunden bist?", überlegte Max.

„Ich habe keine Eltern", lispelte Yiss leise, mit einem traurigen Klang in seiner Stimme. „Das heißt, ich habe sie nie kennengelernt", ergänzte Yiss.

„Oh, das tut mir leid für dich." Max bedauerte den Drachen. Impulsiv, wie er es schon oft bei seiner Mutter beobachtet hatte, wenn sie Klara tröstete, umarmte Max den Drachen und drückte seinen Kopf tröstend an dessen Wange.

Der Drache war über das Mitgefühl des Jungen erstaunt, denn eine so innige Umarmung hatte er bisher nicht kennengelernt. Yiss war so gerührt, dass ihm ein paar Tränen aus den Augen liefen, die sich an seinen Nüsternspitzen in winzige Dampfwölkchen verwandelten. Dabei wollte doch eigentlich der kleine Drache den Jungen trösten. „Das ist nicht so schlimm. Schließlich habe ich sie ja nie kennengelernt. Vielmehr vermisse ich MEINE Menschen, die Tiere und – überhaupt mein Zuhause. Aber bei euch gefällt es mir auch ganz gut", setzte er schnell hinzu, da er Max nicht beleidigen wollte.

„Meinst du, ich sollte dich doch meinen Eltern vorstellen?", fragte der Junge vorsichtig den Drachen.

Yiss hätte am liebsten vor Freude aufgeschrien. Aber er beherrschte sich. „Würdest du mir dabei helfen?", bat er Max. „Weißt du, vielleicht ist es gar nicht so schlimm, wie du glaubst."

„Mal überlegen", murmelte der Junge und kratzte sich dabei am Kopf, als er darüber nachdachte. „Zuerst sollte ich mit Mama darüber reden. Wenn wir sie auf unserer Seite haben, wird Papa schnell überredet sein. Ja, so machen wir's!", sprach Max laut und zuversichtlich. „Gleich morgen rede ich mit ihr."

„Danke", hauchte Yiss nur, so froh war er über diesen Vorschlag. „Ich glaube, du schläfst jetzt lieber, damit du morgen richtig wach bist. Deine Seele braucht den Schlaf zur Erholung." Er schnitt damit jeglichen Einwand von Max ab, der gerade zu einer Entgegnung ansetzen wollte.

„Gut, wenn du meinst. – Aber morgen rede ich mit Mama." Max legte sich in sein Bett, deckte sich zu und griff mit seiner rechten Hand aus der Zudecke heraus nach Yiss. „Hältst du mir bitte die Hand, bis ich eingeschlafen bin?", bat er den Drachen.

Yiss trat an das Bett und nahm mit seinen beiden sechsfingrigen Händchen Max Hand fest in die seinen. Und noch einmal sagte er einfach danke. Yiss schickte dem Jungen wieder einmal beruhigende Gedankenwellen zu, bis Max fest eingeschlafen war. Vorsichtig schob er die Hand von Max unter die Zudecke und watschelte leise zur Türe. Bevor er öffnete, sandte er seinen Seelenkundschafter aus, um nachzusehen, was die Eltern der beiden Kinder gerade machten.

Der Vater saß wie üblich in seinem Fernsehsessel vor der flimmernden Kiste, aber er schlief diesmal im Sitzen und die Mutter saß auf dem Diwan und strickte einen Pullover für Max, den der Junge für die Schule, in die er ab Herbst gehen würde, bekommen sollte. Gelegentlich warf Mariele einen Blick auf den Fernseher, in dem eine Dokumentation über das Nordmeer lief. Zwischendrin gähnte sie, bis sie sich endlich entschloss, aufzustehen, um nach den Kindern zu sehen.

Als Yiss das merkte, schlich er leise in SEINEN Schrank und schloss diesen wieder ebenso leise hinter sich – das letzte Mal, so hoffte er inständig. Wenige Augenblicke später öffnete sich die Zimmertüre leise und Mariele schaute wie immer kurz nach den Kindern, bevor sie selbst ins Bett ging. Diesmal schaltete sie den Fernsehapparat aus und weckte auch Karl.

Kapitel 15

Max weiht seine Mutter ein

Golden erhob sich die Sonne am Horizont über der Millionenstadt. Es war sehr früh am Morgen und die Stadt schlief eigentlich noch. Karl und Mariele jedoch saßen bereits am Frühstückstisch, da der Vater von Max bald zum Flughafen fahren musste, und Mariele wollte sich gerne von ihrem Mann verabschieden. Er musste sich beeilen, da das Flugzeug um halb sieben früh abfliegen würde. Karl trank schnell einen Schluck Kaffee und verbrannte sich dabei seine Zunge. Diesmal würde er nur eine Woche weg sein und wenn er wieder zurück ist, beginnt sein dreiwöchiger Urlaub, den er mit seiner Familie in den Bergen verbringen wollte. Sein Ziel an diesem Tag war jedoch Frankfurt, wo der Hauptsitz seiner Firma war. Karl musste dort seine Urlaubsvertretung einweisen und noch einige Verträge durchsprechen. Wenn er Glück hatte, konnte er schon früher heim fliegen.

Mit diesen Gedanken befasste er sich während des Kaffeetrinkens, wobei er sehr schweigsam war. Mariele kannte ihren Karl gut genug, um ihn in seinen Gedanken nicht zu stören. Sie blätterte in einem Modekatalog, der am Vortag geliefert wurde. Auch Mariele hing ihren Gedanken nach. Sie überlegte nebenbei, was sie an diesem Tag wohl wieder kochen sollte und was sie mit den Kindern am Nachmittag unternehmen könnte. Ein schneller Blick auf die Wanduhr ließ sie jedoch auffahren.

„Karl, es wird Zeit", mahnte sie ihn. „Ja, ich weiß", antwortete er ein wenig mürrisch. Mariele stand auf und prüfte wiederholt in Gedanken das Gepäck, das Karl mitnehmen wird. Beide waren sie gut aufeinander abgestimmt, so oft war Karl schon auf Geschäftsreise unterwegs.

„Wünschst du dir was aus Frankfurt?", fragte Karl versöhnlich.

„Ja, dich – so bald als möglich. Komm wieder gut nach Hause", trug sie ihm auf. Sie umarmte Karl und drückte ihm einen innigen Kuss auf den Mund, den Karl ebenso innig erwiderte. Dann nahm er seinen Koffer mit den Gepäckstücken in die rechte Hand und den Aktenkoffer, in dem auch sein elektronisches Notebook war, in die linke Hand, trug alles bis zur Eingangstüre und stellte es dort ab. Er wollte Mariele nicht zumuten, die schweren Koffer zu tragen. Schnell schlüpfte er in seine schwarzen Lederschuhe, zog sich die Anzugjacke an und nahm seine Gepäckstücke in die Hände. Mariele öffnete ihm die Wohnungstüre. Flüchtig küsste er Mariele noch auf den Mund und verließ die Wohnung. Mariele schloss die Türe hinter ihm und ging in das Wohnzimmer, öffnete das Nordfenster und winkte Karl kurz nach. Es war inzwischen viertel nach fünf geworden und das Thermometer am Fenster zeigte bereits 21 Grad Celsius an.

„Puh, heute wird's heiß", stöhnte Mariele leise.

Obwohl sie noch etwas müde war, legte sie sich nicht ins Bett, sondern duschte sich gleich und zog sich an. Danach legte sie die trockene Wäsche, die sie erst vom Wäscheständer holte, zusammen. Darüber verging schon eine gute Weile. Mit dem Frühstück wartete sie lieber, bis die Kinder aufgestanden waren. Bis es so weit war, würde sie schon mal damit anfangen, ein paar aussortierte schadhafte Wäschestücke auszubessern. Während sie so im Wohnzimmer am offenen Fenster saß, um nebenbei die gute Morgenluft tief einzuatmen, hing Mariele ihren Gedanken nach. Schnurri, die schwarze Hauskatze, schlief wohl noch immer im Ehebett. Eigentlich dürfte Mariele das nicht dulden, aber da sie es der Katze von Anfang an durchgehen ließ, damals war Schnurri gut zehn Wochen alt, mussten sie es eben auch jetzt tolerieren. Mariele erschrak heftig, als sich unerwartet die Türe öffnete. Max stand verschlafen da, noch den Türgriff in der Hand.

„Mama, kann ich mit dir reden?", frage er. Müde rieb er sich die Augen.

„Guten Morgen, Maximilian", erwiderte Mariele betont.

„Äh, ja, guten Morgen, Mama", murmelte der Junge schuldbewusst. „Hast du für mich Zeit?", wiederholte Max.

„Natürlich, Max. Komm her zu mir." Mariele legte ihre Arbeit beiseite und hielt die Arme einladend auf, damit sich Max zu ihr setzte. Sie nahm Max in ihre Arme und zog ihn auf ihren Schoß, gerade so, als wenn er noch klein wäre. Trotzdem ließ Max sich das gefallen, denn im Grunde mochte er sehr gerne bei seiner Mutter kuscheln. Mariele strich behutsam über die vom Schlaf völlig zerzausten Haare und ermunterte ihren Sohn: „Also, wo drückt dich der Schuh?"

Der Junge wusste nicht recht, wie er anfangen sollte, bis er nach einer Weile herausplatzte: „Yiss lebt!"

„Hm, ich weiß nicht, was du meinst", erwiderte Mariele verwirrt.

„Na, der Stoffdrache, den Paps mir kürzlich mitgebracht hat", erklärte Max.

„Oh, du möchtest, dass der Stoffdrache lebt. Hättest du dann keine Angst vor ihm?"

„Wieso Angst? Nein! Ich finde ihn ganz nett. Eigentlich ist er sogar eine Wucht. Schon immer wollte ich einen Drachen zum Freund haben. Und jetzt ist er da!", sprudelte es aus Maximilian heraus.

Mariele schwieg vorerst, um abzuwarten, ob Max nicht noch etwas hinzuzufügen hatte. Die Augen des Jungen leuchteten. Dann wieder wurde ihm bewusst, dass er in die Arme seiner Mutter gekuschelt war. Was zum Kuckuck machte er bloß! Er wollte doch seine Mutter auf die Existenz von Yiss vorbereiten. Er wand sich aus der Umarmung, jetzt völlig wach, und setzte sich aufrecht neben seine Mutter. Nur wusste er nicht recht, wie er es anfangen sollte, von dem Drachen zu reden. Doch da fiel ihm eine glänzende Frage ein.

„Mama, was würdest du sagen, wenn du bei uns im Schrank versteckt einen schwarzen Drachen siehst, der so groß ist wie ich?"

„Du meine Güte! Ich würde in Ohnmacht fallen", scherzte Mariele.

„Siehst du! Und genau das bist du auch in meinem Traum!"

„Scht. Nicht so laut. Es ist noch früh am Morgen", mahnte Mariele.

„Tschuldigung", flüsterte Max zerknirscht.

„Hast du das wirklich geträumt?"

„Ja, und noch viel mehr, Mama." Nach einer kurzen Pause fragte Max weiter: „Darf ich einen Drachen haben?"

„Hm, da wäre auch noch Schnurri. Ob die das wohl dulden würde?"

„Och, das geht schon in Ordnung. Die beiden vertragen sich ganz gut."

Nun wurde Mariele stutzig. Da stimmte doch etwas nicht. Sie warf einen prüfenden Blick auf ihren Sohn. Dann stellte sie ihn zur Rede. „Sag' mal, du verheimlichst mir doch etwas. Sag: was ist los mit dir? Du weißt doch, dass du mir alles erzählen kannst. – Na los", ermutigte sie Max.

Und da erzählte ihr Max das meiste, was er erlebt hatte. Nur die Sache mit dem Fliegen verschwieg er lieber vorerst. Er wollte seine Mutter nicht unnötig beunruhigen. Mariele hörte aufmerksam zu.

Sie machte zwischendrin kleine Bemerkungen wie „so, so" oder „aha".

„Tja, jetzt kenn' ich also dein Geheimnis und weiß wirklich nicht, was ich dazu sagen soll." Mariele war ratlos. Sie brauchte eine kleine Weile, um die Geschichte, die ihr Sohn ihr erzählte, zu verarbeiten. „Deshalb konntest du vor ein paar Tagen den Drachen so gut zeichnen. Offensichtlich hat das Ganze auch sein Gutes, was dich betrifft. – Wenn es deinem Drachen möglich ist, sich in meinen Träumen bemerkbar zu machen, sollte er sich bei mir vorstellen – auch wenn ich in Ohnmacht falle." Mariele glaubte die Geschichte nun doch nicht so ganz. „Und dann werden wir ja sehen."

„Oh, danke, Mama, danke! Yiss wird sich bestimmt über diese Nachricht freuen. Ich gehe auch gleich ins Bett, damit ich von ihm träumen und ihm das erzählen kann."

Mit diesen Worten stand er schnell auf und steuerte gerade auf die Türe zu.

„Halt, halt, mein Schatz", hielt Mariele ihren Sohn zurück. „Es bleibt dir eigentlich keine Zeit mehr zum Schlafen. Sieh auf die Uhr: Es ist gleich halb sieben. In einer viertel Stunde müsstest du sowieso aufstehen, da rentiert es sich nicht mehr, ins Bett zu gehen."

„Aber Mama! Ich muss es ihm sagen!", flehte Max.

„Nein, nichts da. Dein Drache muss bis zum Abend warten. Du gehst jetzt ins Bad", widersprach Mariele fest.

„Aber Mama!", versuchte Max wiederholt zu protestieren.

„Ins Bad!", kommandierte Mariele, keinen Widerspruch mehr duldend.

Tränen des Zorns traten Maximilian in die Augen. Zum ersten Mal lehnte er sich innerlich gegen den Wunsch seiner Mutter auf. Am liebsten hätte er vor Wut laut aufgeschrien. Trotzig ging er aus dem Zimmer und ins Bad.

„Ist schon gut", hörte er Yiss Stimme in seinem Kopf. „Wir warten bis zum Abend." Die Stimme des Drachen beruhigte den Jungen.

„Yiss", schniefte Maximilian. Sein Zorn war verflogen und machte einer grenzenlosen Enttäuschung Platz. „Es tut mir so leid", entschuldigte er sich beim Drachen.

„Du hast mehr erreicht, als ich zu hoffen wagte", hörte er die Stimme in seinem Kopf lispeln. „Sei nicht traurig. Später treffen wir uns wieder. Und dann wirst du schon sehen", deutete Yiss vage an.

An diesem Tag konnte Maximilian es nicht erwarten, bis es Abend wurde, so gespannt war er schon darauf, was Yiss unternehmen würde.

Im Kindergarten war er so zerstreut, dass er sogar zum Schluss die falschen Straßenschuhe anzog und dafür von einem Kameraden ein paar Hiebe einstecken musste. Während des Mittagessens träumte er mit offenen Augen vor seinem Teller, dass sogar Klara ihn fragte, was los sei, und Klara trödelte immer beim Essen. Auch das Baden im Freibad machte ihm diesmal keinen Spaß. Ständig versuchte er sich vorzustellen, wie Yiss es anstellen würde, sich Mama bemerkbar zu machen.

Mariele entging keineswegs das Verhalten ihres Sohnes. Sie wollte jedoch bewusst nicht darauf eingehen, würde aber weiterhin Maximilian beobachten. Sie versuchte immer wieder, ihren Sohn aus seiner geistigen Abwesenheit zurückzuholen. Doch an diesem Tag hatte sie kein Glück.

Das Abendbrot schlang Max förmlich in sich hinein, um sich dann gleich darauf zu waschen und die Zähne zu putzen. Endlich konnte er zu Bett gehen. Es war ihm völlig gleich, dass Klara noch gar nicht mit ihrer Abendtoilette fertig war, so eilig hatte er es, ins Bett zu gehen.

Mariele drückte für diesmal ein Auge zu, aber sie würde dieses Verhalten keinesfalls weiterhin dulden. Schließlich ging sie Hand in Hand mit Klara ins Kinderzimmer, blickte auf Max, schloss das Fenster und zog die Vorhänge zu, um dann endlich ihre Gute-Nacht-Küsschen an die beiden Kinder zu verteilen. Mariele nahm die Geschichte mit dem „lebenden Drachen" natürlich nicht allzu ernst. Vielleicht würde sich während der Ferien alles wieder regeln, hoffte sie. Kinder haben nun mal eine ausgeprägte Fantasie, besonders wenn sie sich etwas von Herzen wünschen. Und dann ging sie endlich aus dem Zimmer und schloss die Türe hinter sich.

Kapitel 16

Wie Yiss sich Max' Mutter bemerkbar machte

Maximilian schlief natürlich lange nicht ein. Er war viel zu aufgeregt und zu gespannt, was Yiss unternehmen würde. Mindestens eine Stunde lag er noch wach, während sein Herz stark vor Aufregung klopfte. Seine Gedanken kreisten und kreisten und konnten einfach keinen Halt finden – bis endlich Yiss von sich hören ließ.

„Willst du nicht endlich schlafen?", unterbrach der Drache die Gedanken des Jungen.

„Yiss, da bist du ja", fühlte Max sich erleichtert. „Willst du mir helfen?"

Statt einer Antwort schickte der Drache dem Jungen beruhigende Gedankenwellen zu. Trotzdem bedurfte es einer weiteren Viertelstunde, bis Max schließlich einschlafen konnte. Diesmal jedoch weckte Yiss nicht den Jungen in seinem Schlaf. Max musste mal eine Nacht ungestört schlafen können. Außerdem wollte sich Yiss mit Max' Mutter im Traum unterhalten und das konnte er nur, solange sie nicht im Tiefschlaf war. Während dieser Schlafphase war ihm die Seele der Menschen nur sehr schwer zugänglich. Sollte er vielleicht vorher noch mit Fäh, der Katze reden? Nein, er würde sich lieber unvoreingenommen mit der Frau unterhalten wollen. Aber Yiss brauchte Geduld.

Mariele wartete noch auf den verabredeten Anruf ihres Mannes, der erst gegen elf Uhr nachts kam. Karl war zu einem wichtigen Essen mit seinem Vorgesetzten in Frankfurt eingeladen gewesen, weshalb er später als verabredet anrief. Gleich nach dem Telefonat begab sich Mariele ins Bad und danach ins Bett. Jetzt war sie wieder beruhigt. Karl war gut in der großen Bankmetropole Frankfurt angekommen und sein Chef stellte ihm eine neue Position in Aussicht – er sollte Standortleiter in München werden, was ausschloss, dass er weiterhin so viel reisen musste; gelegentlich vielleicht, aber nicht mehr so oft. Mariele schlummerte selig, mit einem Lächeln auf den Lippen ein.

Auf diesen Moment hatte Yiss gewartet! Er watschelte leise vom Kinderzimmer ins elterliche Schlafzimmer, wobei er vorher wie üblich sein Versteck im Schrank verlassen musste, stellte sich neben Marieles Bett und – ja was sollte er nun tun? Einfach im Traum aufwecken – so wie bei Max? Und wenn sie dann in Ohnmacht fiel – wieder und immer wieder unter Umständen? Doch Yiss wollte nicht mehr länger warten. Jetzt oder nie, dachte er.

Mariele träumte gerade davon, mit der Familie im Biergarten zu sitzen, gemütlich bei Bier, Radler und für die Kinder eine Limonade, mit selbstgemachtem Nudelsalat und einer großen Brezel dazu. Gerade ergriff Max die Brezel und riss sich ein großes Stück ab. – Ja, und dann nahm eine kleine, schwarze, sechsfingrige Hand die Brezel und riss mit der zweiten sechsfingrigen kleinen Hand ein Stück Brezel ab.

Sechsfingrige, schwarze Hand? Marieles Blick glitt langsam an den Händen, den dünnen, jedoch muskulösen Ärmchen entlang zu dem dazugehörigen Körper und hoch auf den darauf sitzenden, etwas seltsam wirkenden Kopf. Es war eigentlich gar kein Tier. Nein, so etwas hatte sie noch nie gesehen. Ungläubig schaute Mariele in das treuherzig blickende Gesicht, aus dem sie leuchtend gelbe Augen anschauten. War das ein Saurier?

„Nein, ein Drache bin ich", beantwortete Yiss lispelnd die stumme Frage Marieles. Ihr Herz setzte für eine Sekunde aus. Weder schrie sie, noch fiel sie in Ohnmacht. Sie schob das eben Gesehene einfach auf ihre Nerven. Alkohol trank sie ja keinen, um im Delirium Dinge zu sehen, die es nicht gab.

„Doch, ich bin wirklich da", bestätigte Yiss selbstbewusst.

Marieles Lippen formten zwar das Wort „nein", aber es kam kein Laut darüber hinaus. Sprachlos wandte sie sich nach links, Karl zu, und wollte ihn fragen, ob er auch dieses Ungeheuer sähe. Doch Karl saß plötzlich nicht mehr da. Es war eigentlich gar keiner mehr da und sie saß mit diesem Ungetüm allein im großen Biergarten.

„Ich bin weder ein Ungeheuer noch ein Ungetüm", protestierte der kleine Drache „und ich heiße Yiss", setzte er fast beleidigt hinzu.

Noch nie in ihrem Leben stotterte Mariele. Doch dieser Situation war die sonst gelassene Mutter nicht gewachsen. „Wa-wa-was wi-wi-willst d-d-du v-v-von m-m-mir?", fragte sie.

„Mit dir reden", lispelte Yiss schlicht. „Eigentlich möchte ich mich dir vorstellen. Max hat dir doch schon von mir erzählt." Yiss schaute Mariele treuherzig an.

Mariele nickte nur mit dem Kopf dazu.

„Und weil ich wieder gerne heim möchte, brauche ich eure Hilfe, und zwar von euch allen – verstehst du das?"

Mariele schüttelte den Kopf zu der letzten Frage. Sie verstand überhaupt nichts mehr.

„Hättest du was dagegen, wenn wir bei dir zu Hause weiter reden? Da ist es gemütlicher."

Mariele starrte den Drachen nur an, schüttelte wieder den Kopf, unfähig, ein Wort zu sprechen.

In der nächsten Sekunde saßen beide alleine im dunklen Wohnzimmer. Auf dem Tisch brannte eine große, honigfarbene Kerze, die auch in der Realität dort stand, jedoch noch nie angezündet worden war. Langsam erholte sich Mariele in der vertrauten Umgebung – und sie akzeptierte die Anwesenheit des Drachen. Um nicht auf den Drachen sehen zu müssen, sah sie in den Kerzenschein, während sie Yiss eine Frage hauchte: „Ist das alles wahr, was Max mir erzählt hat?"

„Ja, es ist alles so gewesen, wie Max es dir erzählt hat."

Yiss kannte nur die vertraute Anrede. Die Höflichkeitsform SIE hatte er bisher nicht gelernt.

Langsam kam Mariele wieder zu sich, wobei ihr Gehirn richtig zu arbeiten begann. „Und wo hast du dich die ganze Zeit versteckt? Im Schrank vielleicht?"

„Genau! Du bist früher schon wegen mir in Ohnmacht gefallen – aber daran erinnerst du dich jetzt nicht mehr."

„Ich bin in Ohnmacht gefallen?", fragte Mariele ungläubig zurück.

„Ja, das hat dir Max doch bereits erzählt", lispelte der kleine Drache. „Jetzt, wo du mein Problem kennst, weißt du, wie du mir helfen kannst?", hoffte Yiss inständig.

Mariele schüttelte den Kopf. „Nein, auf Anhieb nicht. Da musst du mir schon etwas Zeit lassen. Und überhaupt, wie sag' ich es Karl, dass wir Zuwachs in unserer Familie bekommen haben?", überlegte Mariele, mehr für sich.

„Aber das brauchst du ihm doch gar nicht zu sagen. Wir sind ja hier nur im Traum von dir."

Erst jetzt drehte sich Max Mutter zum Drachen, sah ihn von oben bis unten an und schauderte doch ein wenig vor dem ungewöhnlichen Gedanken, einen Drachen in der Wohnung zu haben.

„Darf ich dich mal anfassen, damit ich weiß, dass ich nicht träume."

„Natürlich darfst du mich anfassen, obwohl das dein Traum ist."

Mariele ging nicht auf die Antwort von Yiss ein, sondern streckte ihre Hand langsam Yiss entgegen. Doch vor der Berührung schreckte sie etwas zurück, so als müsste sie eine Schlange berühren. Tapfer fasste sie dann doch den Arm des Drachen an – und schrak tatsächlich zurück. Das war doch – was war das doch? Ja, genau! Ihre Handschuhe fühlen sich genauso an – weich und samtig. Der Bann war gebrochen. Nun regte sich ihr Mitgefühl für den Drachen. Schließlich musste es für jedes Wesen unter der Sonne ein Schreckliches sein, aus seiner gewohnten Umgebung herausgerissen zu werden. Wie konnte man nur diesem kleinen Drachen helfen?

„Durch einen Blitz, sagst du, bist du zu uns gekommen?", fragte Mariele nach.

„Ja! Erst saß ich noch auf meinem Lieblingsbaum, als bei mir daheim das Gewitter anfing. Und dann zerriss einer der Blitze mein Sichtfeld – und da war ich hier, draußen auf dem Baum vor dem Schlafzimmer der Kinder – im beginnenden Regen!", erklärte der Drache geduldig. Das Wort „Regen" sprach er mit Widerwillen aus.

„Vielleicht weiß Karl eine Lösung. Er liest ja immer gerne mal wissenschaftliche Journale und fantastische Romane, wenn er Zeit hat. Und überhaupt", fuhr Mariele mit fester, lauter Stimme fort, „fahren wir ja kommendes Wochenende in Urlaub! Und was machen wir dann mit dir?"

„Keine Angst", beruhigte Yiss die Mutter. „In eurer realen Welt bin ich ja NUR ein Stoffdrache." Er setzte traurig hinzu: „Den könnt ihr ja dann auch mitnehmen, ohne dass es auffällt."

„Oh, Yiss!" Impulsiv beugte sich Mariele vor und nahm den leicht in sich zusammengesunkenen Drachen in ihre wohlwollenden Arme und hielt ihn fest und wiegte ihn, so als würde sie eines ihrer

Kinder trösten. Yiss ließ sich das mit Wonne gefallen, denn von der Frau kamen weiche, fast kitzelnde Gefühlswellen herüber, die der Drache empfand. Er fing sogar an zu lächeln, wobei man seine kleinen, spitzen Zähnchen sehen hätte können, wenn jemand zugeschaut hätte.

„Ist schon gut", lispelte er sanft. „Du darfst mich jetzt wieder loslassen", bat er Mariele.

Die Mutter erschrak ein wenig über ihre Reaktion. Hatte sie also nun doch das seltsame Wesen lieb gewonnen, obwohl sie anfangs bis in ihr Innerstes erschrocken war über dieses seltsame ‚Ding'.

„Nun gut. Solange Karl nicht da ist, kannst du ja bei mir schlafen, wenn du möchtest. Oder willst du lieber zu den Kindern?", fragte Mariele den kleinen Drachen.

„Wenn du nichts dagegen hast, bleibe ich lieber hier in diesem Raum, bis Fäh wach ist."

„Fäh? Wer ist Fäh?", fragte Mariele. Die Bemerkung ihres Jungen, nachdem er schreiend vor einigen Tagen erwachte und sie mit der Katze gleichzeitig ins Kinderzimmer stürzte und Max die Katze mit Fäh ansprach, hatte Mariele damals aus Sorge um den Jungen vergessen.

„Fäh ist der richtige Name eurer Katze", erklärte Yiss.

„So? Das wusste ich ja gar nicht." Und nach einer kleinen Gedankenpause fragte Mariele den Drachen: „Glaubst du, wir sollten sie jetzt immer so ansprechen?"

„Hm, nicht immer, das würde zu aufdringlich wirken. Ich denke, sie mag eure Kosenamen auch ganz gern hören. Aber gelegentlich würde es nicht schaden, wenn ihr sie so nennen würdet, wie ihre Mutter sie genannt hatte. Es schmeichelt ihrer Eitelkeit ein wenig", unterstrich Yiss damit den Charakter von der Katze. Denn dass die schwarze Katze etwas eitel war, erkannte der Drache gleich bei der ersten Begegnung. Sie war ja auch ein schönes, gepflegtes, schlankes Tier. Ob sie klug war, wusste er noch nicht. Das würde er wohl bald herausbekommen.

„Gut. – Aber ich glaube, ich sollte jetzt wirklich ins Bett gehen." Mariele gähnte etwas müde.

„Du bist bereits im Bett", wies Yiss die Mutter auf ihren Gedankenfehler hin. „Aber du hast Recht. Ich werde dich jetzt in Tiefschlaf fallen lassen. Und morgen werden wir sehen, was wir gemeinsam unternehmen können. Ich freue mich schon so darauf!", jubelte Yiss vor Freude auf die Aussicht, nicht mehr nur immer im Traum dieser Menschen ‚leben' zu müssen.

„Gute Nacht, Yiss." Mariele strich dem Drachen über die Schulter, blies die Kerze aus, die nur wenig angebrannt war – und dann wusste sie plötzlich nichts mehr. Denn Yiss ließ die Gedanken der Mutter in ihrem Traum los, so dass sie sofort in Tiefschlaf fiel.

Kapitel 17

Wie Yiss Fäh und die Straßenkatze Jack zusammenbrachte – und noch eine Überraschung mit einem weiteren Tier

Fäh döste nur etwas, als Yiss seine Gedanken vorsichtig in die Küche wandern ließ, um nachzusehen, ob die Katze schlief oder wach war. Fäh tat noch schläfrig. Doch eigentlich steckte sie voller Tatendrang – auch in ihrem Traum.

„Du kannst herein kommen", lud sie den kleinen Drachen zu sich ins Zimmer ein. Yiss schlich zur Küche, öffnete leise die Türe und trat ein. Er vergaß auch nicht, hinter sich die Türe wieder zu schließen.

„Ruhst du gut?", fragte er höflich die Katze.

„Danke, gut", antwortete Fäh. „Und du befindest dich auch wohl?", fragte Fäh ebenso höflich.

„Danke, auch ich befinde mich wohl." Nach einer kurzen Höflichkeitspause fuhr Yiss fort: „Darf ich dich etwas Persönliches fragen?"

Fäh horchte auf. „Was willst du denn wissen?"

„Du hast doch deine Mutter noch gekannt", wusste Yiss aus der früheren Erzählung von Fäh. „Weißt du noch, wo ihr gewesen seid? Ich meine, seid ihr zum Beispiel bei einer Familie gewesen?"

„Hm, da muss ich erst nachdenken", überlegte Fäh. „So weit ich mich erinnere, war das schon bei einer Familie, aber nicht so, wie das hier ist. Da waren auch noch große Tiere, sehr freundliche – aber ein bisschen dumm. Und wir waren draußen im Freien und konnten spielen, und uns fangen im Gras. Seit ich hier bei dieser Familie bin, war ich nie wieder außerhalb. Und ich wäre doch sooo gerne mal wieder auf einer Wiese – oder überhaupt mal draußen. Aber die Leute hier sagen mir, wenn ich an der Türe stehe, dass da draußen nur Feinde auf mich warten und ich überfahren werden könnte. Allerdings weiß ich nicht, was sie damit meinen."

„Das sind wohl die großen Blechkisten, die von alleine fahren und so schrecklich stinken und laut sind", vermutete Yiss.

„Ja, vielleicht meinen sie das. – Aber wieso fragst du mich?", wollte Fäh nun wissen.

„Ach, weißt du, ich habe neulich einen freundlichen Kater kennen gelernt ... ich glaube, er hieß Jack, ja richtig! Er nannte sich Jack, der Schrecken der Hecken. Nun, und dieser Jack hatte leider keine guten Erinnerungen an die Menschen. Im Gegenteil: er machte sehr schlechte Erfahrungen mit ihnen. Und da bot ich ihm an, dass er zu dieser Familie kommen könne und sich hier mal umsehen sollte. Vielleicht würde er dann seine Meinung über die Menschen ändern."

„Oh, ich glaube, dass das keine so gute Idee ist", meinte Fäh zu Yiss Vorschlag. „Aber ich könnte mir ja die andere Katze ansehen. Was meinst du? Sollten wir nicht gleich einen Versuch starten?" Fäh wurde unternehmungslustig in Erwartung der Abenteuer, die auf sie warteten.

Yiss war begeistert. Genau das wollte er ja erreichen – ein Treffen der beiden verschiedenen Katzen. „Prima! Das können wir sofort durchführen. Ich trage dich hinunter", schlug er begeistert vor.

Da wurde es Fäh dann doch ein wenig mulmig im Bauch. „Du willst mich tragen? Auf deinen Ärmchen?"

„Die sind stark!", bekräftigte Yiss. „Probieren wir's doch einfach mal gleich." Er hielt ihr seine schwarzen, dünnen, jedoch kräftigen Ärmchen mit den sechsfingrigen Händchen entgegen.

Die schwarze Katze stand wie üblich umständlich von ihrem Schlafplatz am Fensterbrett auf, räkelte und streckte sich erst ausgiebig, wohl um etwas Zeit zu gewinnen, denn sie war sich nicht so sicher, ob sie sich wirklich von diesem kleinen netten Drachen tragen lassen wollte. Aber die Neugierde auf die andere Katze und die Aussicht auf Abenteuer siegten über die Vorsicht. Sie sprang vom Fensterbrett zuerst auf die Eckbank, die etwas am Fenster entlang führte und dann sprang Fäh auf den Boden und ging eleganten Schrittes auf Yiss zu. Er sollte nicht merken, wie unsicher sie wirklich war. Doch der kleine Drache merkte es sehr wohl. Er ließ es sich jedoch nicht anmerken, um seine kleine Freundin nicht zu kränken. Er bückte sich nach vorne und nahm die Katze etwas ungeschickt mit beiden Händen um den Leib in seine kleinen Händchen.

„Au, du tust mir weh!", protestierte Fäh lautstark und miaute dazu.

„Oh, das tut mir leid. Bitte sage mir doch, wie ich dich am besten hochheben kann."

„Zuerst schiebst du eine Hand unter meine Vorderfüße und dann hebst du mich einfach am Popo hoch."

Doch so einfach war das für Yiss wirklich nicht. Zuerst hob er sie so hoch, wie sie ihm sagte, aber er zog die Katze nicht zu sich an den Körper heran, wie die Menschen es mit Fäh taten, sondern hielt sie von sich weg, als wäre sie Gift.

„Nicht so tollpatschig!", entfuhr es der Katze nun ungeduldig. „Du musst mich zu dir an den Körper herannehmen und mich an dich gedrückt festhalten."

Aber Yiss hielt Fäh etwas zu fest, vor Angst, sie könnte herunter fallen.

„Nicht erdrücken sollst du mich – nur halten."

Und dann hatte Yiss endlich den richtigen Griff heraus und hielt Fäh, so wie die Menschen sie zu halten pflegten: mit lockerem Griff am Popo in der Armbeuge auf der Seite des Herzens, also auf der linken.

Fäh war es etwas unheimlich zu Anfang, so nahe an diesem Fabeltier zu sein. Sie fing jedoch gleich zu schnurren an, als Yiss sie streichelte. Einen kurzen Augenblick sahen sich beide tief in ihre Augen, welche von beiden goldgelb, jedoch ganz verschiedener Art waren. Dieser Blick verband die beiden Wesen tiefer miteinander als jeglicher körperliche Kontakt.

Yiss drehte sich mit der Katze auf dem Arm um und wollte eben die Türklinke in sein freies Händchen nehmen.

„Wo willst du denn jetzt hin?", fragte Fäh

„In das andere Zimmer und von dort durch das Fenster hinaus", erklärte Yiss.

„Du kannst doch auch hier durch das Fenster hinaus."

„Ja, natürlich! Du hast Recht!" Yiss drehte sich um und ging zum Fenster. Er öffnete es mit seinem freien Händchen, kletterte etwas umständlich auf die Eckbank und von dort auf die Fensterbank. Er hielt die Katze nun mit beiden Händchen fest, breitete seine Flügel aus und flog ohne Vorwarnung los.

Fäh erschrak zutiefst darüber und hielt sich ganz ruhig während des sehr kurzen Fluges, der ihr jedoch wie Stunden vorkam.

Yiss landete sanft an der Hausecke, wo er Jack zuletzt verließ. Er schickte seine Seelenkundschafter aus. Sie sollten die Straßenkatze suchen.

„Du kannst mich herunterlassen", bat Fäh den Drachen. „War es hier, wo du Jack begegnet bist?", fragte sie scharfsinnig.

„Ja. Ich suche ihn gerade. Warte ein bisschen, vielleicht müssen wir noch ein klein wenig weiter fliegen."

Fäh wurde es wieder etwas mulmig im Magen. Sie hatte zwar keine Höhenangst, aber es ist doch etwas anderes, mit den Beinen fest am Boden zu stehen und hinunterzusehen, als im freien Flug über den Abgrund zu schweben und alles unter sich zu beobachten wie ein Vogel.

„Ich hab' ihn!", rief Yiss triumphierend. „Dort hinten ist er. Am besten fliegen wir die kurze Strecke hin." Flugs war er mit Fäh im Arm unterwegs. Yiss flog so lautlos, dass nicht einmal der sehr hellhörige Jack ihn anfliegen hörte. Erst als Yiss auf dem Boden leise aufsetzte, bemerkte er die Anwesenheit des Drachen. Erschrecken kam jedoch nicht in Frage. Dazu war er viel zu geübt. Er fuhr den Drachen gereizt an: „Jetzt verdirbst du mir wieder meine Jagd!"

„Hallo Jack", überging Yiss die unhöfliche Begrüßung. „Ich habe heute eine Freundin mitgebracht." Mit diesen Worten ließ er Fäh auf den Boden hinuntergleiten, die sich sogleich nach Katzenart hinsetzte, um nicht aufdringlich auf Jack zu wirken.

Fäh versuchte ehrlich freundlich zu sein und begrüßte den Straßenkater: „Hallo Jack, du Schrecken der Hecken."

„Wer ist denn die da?", fragte Jack gereizt den Drachen.

„Darf ich dir Fäh, die Sanfte, vorstellen." Yiss machte die beiden miteinander bekannt.

„Die hat's wohl nicht mehr alle", murmelte der Kater.

Fäh fühlte sich zunehmend durch die sehr burschikose Art des Katers beleidigt. Am liebsten wollte sie gleich wieder nach Hause. Doch das ging nicht, da sie nur mit Yiss wieder zurückgelangen konnte.

„Sei doch nicht so unhöflich!", entrüstete sich Yiss über Jacks Benehmen. „Es war schließlich meine Idee, euch beide miteinander bekannt zu machen."

„Tut mir leid, Kleines", entschuldigte sich Jack. „Meine Ratte ist sowieso schon wieder weg. Dann habe ich auch kurz mal für dich Zeit, Schätzchen."

Also das war doch die Höhe. ‚Für wen oder was hält sich denn dieser Straßenkater?' Fäh war völlig aufgebracht. Sie überlegte ernsthaft, ob sie sich mit diesem Rüpel überhaupt weiter unterhalten sollte.

Yiss entging dieser Gedanke keineswegs – und auch nicht die Bewunderung in Jack für Fäh. Jack hatte „Feuer" gefangen. Das erkannte Yiss sogleich, als Jack so ungehobelt über Fäh sprach. Die Gefühlswellen anderer Wesen waren für ihn genauso klar zu erspüren wie die Gedanken. Vermittelnd versuchte er sich einzuschalten. „Ich habe Fäh von deinem Schicksal erzählt, wenn dir das recht ist", fügte er entschuldigend hinzu. „Fäh fühlt sich zu sehr eingesperrt und wollte mal jemand anderen kennenlernen – dich zum Beispiel."

„Lustiger Gedanke", meinte Jack nur dazu. Er ließ Fäh jedoch keinen Augenblick aus seinen grün-leuchtenden Augen. Sie war aber auch wirklich hinreißend mit ihrem seidig schimmernden Fell, dem niedlich kleinen Köpfchen und den gelb-leuchtenden, vor Entrüstung blitzenden Augen. Und eine Figur hatte das Mädchen – sagenhaft.

„Wo wohnst du?", fragte Jack belanglos.

„Nur ein Haus weiter, oben im ersten Stock. Du kannst das offene Fenster sehen, wenn du dich dorthin bemühst." Fäh antwortete etwas schnippisch. Man durfte einem Kater nicht sogleich Interesse zeigen. Fäh fand mittlerweile Jack sehr anziehend, sehr männlich. Aber er roch etwas nach Müll. Wahrscheinlich musste er seine Mahlzeiten zusätzlich im Müll suchen gehen, wenn nicht gerade etwas zu erjagen war. Da tat ihr der Kater von Herzen leid. ‚Was für ein Schicksal!', fühlte sie mitleidig.

„Wenn du möchtest, kannst du dir gerne meine Familie ansehen. Yiss hilft uns bestimmt?" Fäh wandte sich dem Drachen zu.

„Natürlich helfe ich gerne, wenn ich kann und darf."

„Aber ich weiß nicht, ob dir das Fliegen behagt", argwöhnte Fäh.

„Fliegen? Oh, das kann mich nicht erschrecken", antwortete Jack mutig, obwohl ihm bei dem Gedanken mehr als nur mulmig zumute war. Insgeheim bewunderte er Fäh, da sie ja offensichtlich mit dem Ungeheuer geflogen war.

„Also, ein für allemal: Ich bin kein Ungeheuer!", protestierte Yiss lautstark lispelnd und gab damit zu, dass er die geheimen, privaten Gedanken von beiden las.

Jack sah misstrauisch auf Yiss, sagte jedoch nichts, um Fäh nicht zu kränken. Statt dessen fragte er unschuldig, wen Yiss damit meine.

Der Drache merkte, dass er einen Fehler beging. Sein Ärger war im Nu verflogen. Doch da kam ihm ein Zufall zu Hilfe. Die Ratte, die Jack verfolgt hatte, war über die Begegnung der Katzen mit diesem harmlos wirkenden ‚Ungeheuer', das sie in ihrer Nähe spürte, neugierig geworden und kam zurück aus ihrem Versteck, um sich die Sache näher zu betrachten. Eigentlich wollte sie nur das Ungeheuer in Augenschein nehmen. So etwas hatte sie noch nie gesehen. Was war das bloß für ein Wesen? Sehr unvorsichtig näherte sie sich der kleinen Gruppe. Als sie nahe genug heran war, setzte sie sich auf ihre Hinterbeine und vergaß alle Vorsicht über den Anblick des Drachen.

Jack bemerkte die Ratte als erster und wollte ihr sogleich nachstellen. Aber Yiss ließ das nicht zu, nicht in seiner Gegenwart. Er stoppte Jack mitten in seiner Bewegung mit Hilfe der ihm zur Verfügung stehenden Gedankenkräfte. „Halt!", rief er Jack zu. „Du wirst dem Tier nichts antun, solange ich hier bin."

Erst jetzt wachte die Ratte aus ihrer vollkommenen Erstarrung auf. Aus Gewohnheit drehte sie sich blitzschnell um und wollte zurück in ihr Versteck. Doch Yiss ließ auch dies nicht zu. Auch die Ratte hielt er in der Bewegung fest, so dass sie nicht fliehen konnte.

„Benehmt euch anständig, dann lasse ich euch los", befahl er den beiden Erzfeinden.

„Damit er mich fangen und töten kann?", fragte die Ratte böse.

„Du hast mein Wort, dass dir nichts geschieht, solange ich hier bin."

„Und wer bist du, dass du das sagen kannst?"

„Ich heiße Yiss und bin ein Drache."

„So, so, eine Fabelgestalt also. Noch so ein Albtraum. Was tust du hier?", fragte die Ratte weiter.

Der kleine Drache überging die letzte Beleidigung und hielt die beiden Wesen weiterhin in seinem Gedankengriff fest, da er spürte, dass sie noch nicht bereit für eine Aussprache waren. „Ich versuche, mit euch allen zu reden. Vielleicht komme ich dann auf eine Lösung, wie ich wieder zu mir nach Hause kann. Denn wie ich hierher kam, kann ich nicht beantworten, und woher, das wirst du mir nicht glauben", erklärte Yiss. „Also werdet ihr nun endlich Ruhe geben, solange ich hier bin?"

„Es bleibt uns ja wohl nichts anderes übrig", versprach Jack.

„Ja, gut. Aber die Katze muss da drüben bleiben." Die Ratte meinte natürlich Jack, denn die andere Katze, Fäh, stufte sie als vollkommen harmlos ein.

„Gut, dann lasse ich euch jetzt los." Damit waren die beiden Erzfeinde frei. Sie hielten ihr Versprechen und blieben auf ihren Plätzen sitzen. Fäh beobachtete fasziniert das Geschehen. Endlich erlebte sie mal etwas Interessantes.

„Wieso seid ihr so böse aufeinander?", fragte Yiss die beiden.

„Das fragst du mich?", entrüstete sich die Ratte. „Wieso muss ich als Katzenfutter herhalten? Frag' doch ihn da!", womit die Ratte den Straßenkater meinte.

„Ich hasse Ratten", knurrte Jack.

„Und wieso?", hakte Yiss nach.

„Schon meine Mutter hasste sie", antwortete Jack.

„Und warum hasste sie Ratten?", fragte Yiss geduldig weiter.

„Sie stinken so nach Unrat", meinte Jack, als ob das alles erklären würde.

„Und du?" Fäh mischte sich nun in das Gespräch ein. „Du riechst doch auch nicht gerade nach grünem Gras?", spottete sie über Jack.

„Und weil sie böse sind." Jack merkte, dass ihm die Argumente langsam ausgingen. Da wurde ihm bewusst, dass er eigentlich gar nicht wusste, warum er Ratten hasste und jagte. Denn schmackhaft waren sie überhaupt nicht. Verblüfft über diese Erkenntnis ließ er sich verlegen auf sein Hinterteil nieder und leckte sich seine linke Pfote.

„Wie heißt du denn?", fragte Yiss die Ratte.

„Ich heiße Ripper", antwortete sie, schon wesentlich freundlicher als vorhin.

„Kennt ihr euch schon lange?", wollte Yiss wissen, wobei ihm die unsinnige Frage gleich auffiel. „Ich meine, seid ihr euch schon öfter begegnet?"

„Ja, schon seit einigen Sommern. Aber wie du siehst, lebe ich noch. – Noch!", betonte Ripper.

„Hast du Familie?", fragte Yiss weiter.

„Was du alles wissen willst. Ja, zum Teufel. Ich habe Familie – eine große sogar. Aber ich glaube nicht, dass du wissen willst, wo wir wohnen?" Ripper war misstrauisch geworden. Warum stellte der kleine Drache so viele Fragen?

„Doch, das wollte ich gerade fragen", platzte Yiss heraus.

„Wieso, du passt ja sowieso nicht durch die Röhre durch, die ich dazu benützen muss."

„Nicht körperlich", meinte Yiss schlicht.

„Hä? Wie denn dann?", fragte Ripper verblüfft.

„Das brauchst du nicht zu wissen. Entschuldige, aber du reizt mich etwas mit deiner Art zu antworten. Ich kann dir mit meinem Seelenkundschafter folgen. Aber das wirst du nicht verstehen."

„Wenn du meinst."

„Wie groß ist denn deine Familie?", wollte Jack wissen.

Die Ratte sah misstrauisch zu Jack. „Willst du uns alle töten?", fragte Ripper böse.

„Nein, nur so aus Neugierde", antwortete Jack ehrlich. Irgendwie interessierte ihn nun das Schicksal der Ratte, weshalb er mehr über sie erfahren wollte.

„Wir sind viermal zehn von meiner Familie und noch sechsmal zehn von meinem Bruder. Reicht dir das?"

„Oh, ich habe nicht vor, euch weiter nachzustellen. Denn eigentlich schmeckt ihr gar nicht gut. Es ist nur der Hass in mir gewesen", beichtete Jack.

Ripper wusste nicht, was er dazu sagen sollte. Meinte es die Katze wirklich ehrlich oder verstellte sich der Kater nur so gut.

„Du darfst ihm glauben", vermittelte Yiss. „Er meint es wirklich ehrlich."

„Aber wieso auf einmal? Nach all den Jahren?" Ripper verstand die Welt nicht mehr. Wie ist es möglich, dass eine Katze ihre Gesinnung so plötzlich grundlegend ändern konnte. Das war noch nie da gewesen! Verlegen über diesen Wandel putzte er seine Ohren.

„Und wie wollen wir künftig einander begegnen. Als alte Kumpel, wie?", fragte er.

„Nein, das wohl nicht. Aber neutral vielleicht. Wir jagen einander nur noch die Mäuse weg. Und davon haben wir wirklich genug hier."

„Muss das sein?", mischte sich Yiss ein. „Könnt ihr denn nicht das Jagen lassen?"

„Und wovon sollen wir leben?", protestierten Jack und Ripper wie aus einem Munde. Sie sahen sich an – und mussten lachen. Sie lachten und lachten. Als ob jemand den Witz des Jahrhunderts erzählt hätte. So löste sich die jahrelange Spannung zwischen diesen beiden verschiedenen Wesen in Nichts auf.

Fäh sah fasziniert der Unterhaltung zu. Nun meinte sie, sich in das Gespräch einmischen zu dürfen. „Ich muss meine Speise nicht erst jagen. Mir wird sie serviert", tat sie vornehm.

„Ja, wenn ich so ein Zuckerpüppchen wär', bräuchte ich das auch nicht zu tun." Jack sprach obenhin, was ihm gleich wieder leid tat, da er merkte, dass er Fäh beleidigt hatte. Als Wiedergutmachung stellte er Fäh Ripper vor, der ja noch nicht wusste, wer die andere Katze war. Also hatte er sich doch nicht getäuscht. Sie war eine harmlose Katze, die nicht auf Jagd ging.

„Und woher bekommst du dein Essen?", wollte Ripper wissen.

„Von meinen Menschen", erklärte Fäh.

„Und woher nehmen die Menschen es?", bohrte er weiter.

„Das weiß ich nicht", gestand die Katze verblüfft. Sie wusste es wirklich nicht, woher ihr Essen kam.

„Woraus besteht denn dein Essen?", fragte Ripper hartnäckig weiter.

„Nun ja, es besteht aus Fleisch", gestand Fäh. Jetzt erst wurde es ihr bewusst, dass sie Fleisch aß, dessen Herkunft sie gar nicht kannte. Ja, sie wusste nicht einmal, welches Fleisch sie bekam. Langsam dämmerte ihr die Erkenntnis darüber und sie schwieg verlegen.

Yiss wurde regelrecht übel bei diesem Gespräch. Da er ja eigentlich gar keine feste Nahrung zu sich nahm, war es ihm ein Gräuel, zu hören, dass sich die anderen Wesen gegenseitig auffraßen. Hoffentlich machten es nicht auch die Menschen so, dachte er weiter. Der Verlauf des Gesprächs gefiel ihm gar nicht mehr. Und überhaupt gefiel ihm das Hiersein nicht mehr. Er wollte nur noch zurück in die Wohnung. Diese Welt schien eine sehr brutale Welt zu sein. Er mochte sie nicht und sehnte sich nach seiner Insel.

Auch Fäh gefiel es nicht mehr, da sie sich beleidigt, bloß gestellt und dadurch verletzt fühlte. Sie wollte wieder in ‚ihre' Wohnung zurück. Vielleicht würde sie ein anderes mal den Mut dazu finden, sich mit Jack auf der Straße zu treffen. Aber nun hatte sie genug von ihrem Abenteuer.

Jack merkte, dass Fäh tief verletzt war. Sie tat ihm leid. Das liebe Mädchen musste sich wohl noch nie in ihrem Leben Gedanken über die Notwendigkeiten des Lebens machen. Und nun wurde sie so brutal darauf gestoßen. Das musste sie ja erschüttern.

Nur Ripper war mit sich zufrieden. Er und seine Familie konnten wohl in Zukunft ungestört jagen gehen, da Jack andere Katzen dieser Gegend auf der Jagd nicht duldete und sie vertrieb. Doch das würde man ja sehen, ob es so bliebe.

Jack sagte mit einem schelmischen Blinzeln, dass er sich jetzt ein anderes Opfer suchen müsse, da er hungrig sei und endlich etwas zu essen benötige. Er stand auf, rekelte und streckte sich, um damit seine Absicht zu unterstreichen. Er drehte sich zum Abschied kurz um und ging dann wortlos weiter. Inständig hoffte er, das hübsche Mädchen wiederzusehen. Sie gefiel ihm wirklich ausgesprochen gut. Ripper schlich in die Richtung eines Hinterhofs weiter, aber nur, um über einen Umweg zur Röhre, die zu seiner Familie führte, hinzugelangen.

Da waren Yiss und Fäh alleine. Etwas verlegen fragte der kleine Drache die Katze, ob sie nun wieder zurückfliegen wolle, was Fäh sehr recht war. Während des Fluges schloss sie die Augen, die sie erst wieder öffnete, als Yiss sie am Fensterbrett absetzte. Der Drache schloss das Fenster und watschelte zur Zimmertüre. Ehe er den Raum verließ, drehte er sich um und sah Fäh zu, wie sie sich auf ihrem Kuschelkissen zurechtlegte. Fäh wirkte sehr traurig. Verlegen meinte Yiss, dass dieser Ausflug nicht so schön verlaufen wäre, wie er es gerne gehabt hätte, dann wünschte er Fäh eine gute Nachtruhe und begab sich leise watschelnd in das Zimmer der Kinder, um dort auf den Morgen zu warten.

Fäh war hin- und hergerissen. Einerseits war sie von Jack begeistert, andererseits war sie enttäuscht von ihm, da er ihr nicht beistand, als sie seine Hilfe brauchte. Taugte er denn überhaupt etwas für sie? Trotzdem war sie glücklich über die Begegnung. Es riss sie aus ihren Alltagsgedanken heraus und sie hatte nun vieles zum Nachdenken. Sie fühlte sich aber jetzt sehr müde und fiel schon bald in tiefen Schlummer.

Kapitel 18

Eine Nacht mit ihren Folgen

Max schlief, im Gegensatz zu Klara, meist sehr unruhig. Klara legte sich schlafen und blieb in derselben Stellung bis zum Erwachen am Morgen liegen. Bei Max war das undenkbar. Als er an diesem Morgengrauen erwachte, lag er mit seinem Oberkörper auf der herausgefallenen Bettdecke, während seine Fersen noch wie ein Rettungsanker im Bett hängen geblieben waren. Max benötigte eine kurze Weile, bis er merkte, in welcher Verrenkung er da lag, dann erst rappelte er sich hoch. Er nahm seine leichte Zudecke und warf sie mit einem Schwung auf das Bett. Max hatte schon ein Bein darauf, als im auffiel, dass der Stoffdrache fehlte. Wo war er nur geblieben? Der Junge zog die Zudecke wieder vom Bett herunter, konnte aber Yiss nicht auf dem zerwühlten Leintuch finden. Halt! Vielleicht war er im Traum erwacht und Yiss saß versteckt im Kleiderschrank. Schnell warf Max die Zudecke zurück auf das Bett und schlich leise zum Kleiderschrank, öffnete diesen und sah erwartungsvoll hinein. Doch der Drache war nicht darin. Enttäuscht ließ Max seine Unterlippe nach außen rollen und seine Schultern hängen. Der Junge schloss leise den Schrank. – Ob sich Yiss wohl in einem anderen Zimmer aufhielt – oder vielleicht sogar bei Fäh in der Küche war? Er würde so tun, als ob er auf die Toilette ging, damit Mama nicht misstrauisch würde, falls sie ihn hörte. Und schon setzte er diesen Gedanken in die Tat um, schlich leise aus dem Kinderzimmer, schloss jedoch hinter sich nicht die Türe, sondern lehnte sie nur an, damit, wenn er zurückkam, die Türe nur beim Schließen etwas knacken würde. Er wollte seine Mutter wirklich nicht wecken. Nicht, dass Mama ihn schimpfen würde, falls sie doch einmal geweckt werden sollte. Aber er wusste, dass sie dann meistens den ganzen Tag über etwas missmutig war – und das wollte Maximilian vermeiden. Behutsam schlich er am elterlichen Schlafzimmer vorbei. Er hörte die regelmäßigen Atemzüge seiner schlafenden Mutter. Offensichtlich schlief sie noch tief und fest.

Der Junge sah zuerst in der Küche bei Fäh nach. Die Katze ruhte wie üblich auf ihrem Kissen und blinzelte nur kurz Max an, bewegte sich jedoch nicht. Es war noch nicht ihre Zeit gekommen, um aufzustehen und Maximilian machte keinerlei Anstalten, zum Schmusen zu ihr zu kommen. Fäh wusste, dass der Junge nicht ihretwegen in die Küche schaute. Sie ahnte, dass er auf der Suche nach dem schwarzen Fabeltier war, von dem sie auch schon geträumt hatte. Obwohl, war das ein Traum? Der Katze schien das Erlebte real gewesen zu sein. Ach, darüber konnte sie auch noch am Tag nachdenken. Jetzt war sie müde, schloss demonstrativ ihre Augen und tat, als sei sie augenblicklich eingeschlafen.

Yiss war also auch nicht in der Wohnküche, stellte Max fest. Hm, dann müsste er im Wohnzimmer nachsehen. Er ging am Badezimmer vorbei auf das Wohnzimmer zu. Vorsichtig öffnete er die angelehnte Türe mit einer Hand, betätigte mit der anderen den Lichtschalter, betrat aber das Zimmer nicht und sah sich in dem großen Raum um. Doch Yiss war auch hier nicht zu finden. Nachdem er die Beleuchtung wieder ausgeschaltet hatte, zog er die Türe zu sich hin, bis sie wieder angelehnt war, während er überlegte, wo er denn noch suchen sollte. Max war eben im Begriff, auf die Toilette zu gehen; da wurde ihm etwas bewusst! Erneut öffnete er die Wohnzimmertüre, knipste das Licht schnell an – und da sah er es! Die Kerze auf dem Wohnzimmertisch war angebrannt! Seine Mutter hatte es ihm und Clarence verboten, jemals die Kerze anzuzünden – und jetzt war sie angebrannt. Die Honigkerze in Form eines Bienenkorbes mit drei aufgesteckten Plastikbienen war tatsächlich angebrannt. Dies musste also ein Traum sein, da es in der Realität nicht sein konnte. Aber wo war dann Yiss? War der Drache wieder genauso verschwunden, wie er gekommen war? Hatte es nachts ein Gewitter gegeben?

Mit diesen trüben Gedanken im Kopf ging Max erst auf die Toilette und dann zurück ins Kinderzimmer. Er schlich den langen Flur entlang, vorbei am offenstehenden Schlafzimmer seiner Eltern und erreichte das Kinderzimmer. Er nahm die Türklinke in die rechte Hand und zog die Türe fest zu sich heran, damit sie beim Öffnen möglichst kein Geräusch von sich gab. – Es schepperte furchtbar laut, als er sie mit einem festen Ruck zuzog. Max hatte einfach vergessen, dass er die Türe nur angelehnt hatte. Er hörte noch den tiefen Seufzer seiner Mutter und beeilte sich, schnell und diesmal leise ins Bett zu gehen. Irgendwie fühlte er sich schuldig und wusste nicht warum.

Er kletterte auf sein Bett und deckte sich mit der vorhin unordentlich hingeworfenen Decke zu. Sein Herz pochte laut und der Atem kam stoßend, so sehr war er erschrocken. Klara fiel ihm ein! Ob sie wohl durch den Krach aufgewacht war? Aber Klara schlief tief und fest. Wahrscheinlich konnte sie nicht einmal ein Kanonenschuss aufwecken.

Langsam beruhigte sich Max wieder, nachdem seine Mutter doch nicht aufgestanden war.

Der Junge vermisste Yiss. Während er grübelte, was mit dem Drachen sein konnte, hörte er endlich Yiss lispelndes Stimmchen: „Ich bin hier auf dem Boden."

Sofort sprang Max aus seinem Bett, kniete auf dem Boden und suchte am Bett entlang, dann am Fenster und weiter an Klaras Bett entlang. Und da sah er den Stoffdrachen am Bettende liegen. Vermutlich wurde er von ihm im Schlaf dorthin geschleudert. Als er ihn wieder im Arm hielt, rannen dem Jungen vor Erleichterung die Tränen über seine Wangen und tropften dabei auf den Stoffdrachen.

„Ist ja schon gut. So schmutzig bin ich nicht geworden, dass du mich gleich baden musst." Yiss versuchte den Jungen aufzumuntern.

„Wieso hast du dich nicht früher gemeldet?", fragte Max vorwurfsvoll.

„Das habe ich!", protestierte Yiss. „Aber du hast mich einfach nicht gehört. Du warst so sehr mit deiner Suche beschäftigt."

„Bitte entschuldige", bat der Junge kleinlaut den Drachen um Verzeihung. „Ich freue mich ja so, dass du wieder da bist."

„Schon gut. – Schlaf jetzt noch ein wenig."

Es dauerte nur ein paar Minuten mit Yiss' Hilfe, bis Max wieder eingeschlafen war.

Klein wenig später, nachdem die Sonne bereits über den Horizont gestiegen war, wachte Mariele auf. Obwohl sie noch gerne liegen geblieben wäre, stand sie lieber auf. Sie wollte an diesem Tag mit dem Packen für den bevorstehenden Urlaub beginnen und dazu sollte sie noch zwei Kleidungsstücke der Kinder, die schadhaft waren, ausbessern. Wie gewöhnlich ging sie zuerst zur Küche. Sie öffnete der Katze, die bereits wartete, die Türe. Mariele streichelte dem Tier einige Male über das Köpfchen, bis Fäh schließlich mit erhobenem Schwanz zum Schlafzimmer ging, um es sich dort im noch warmen Bett für eine Weile bequem zu machen. Für Fäh war das ein wichtiges Ritual. Sie fühlte sich dadurch zur Familie zugehörig, wenn sie sich morgens ins Bett der Eltern hineinkuscheln konnte. Sie spürte darin das entgegengebrachte Vertrauen, das Bett nicht zu beschmutzen oder gar etwas kaputtzumachen. Fäh liebte es, sich auf der warmen, zurückgeschlagenen Bettdecke umständlich hinzulegen und den Duft der Nacht, der in der Luft lag, einzuatmen. Es erinnerte sie immer an ihre eigene Kindheit, als sie noch bei ihrer Katzenmutter lebte – wenn die Erinnerung auch schon mehr und mehr verblasste.

Mariele verrichtete ihre Morgentoilette, bereitete den Frühstückstisch schon vor, wartete aber mit dem Kaffee, bis sie später die Kinder geweckt hatte und begab sich erst ins Wohnzimmer. Bereits am Vorabend hatte sie die beiden Kleidungsstücke darin bereitgelegt, die sie nun ausbessern wollte. Zuerst öffnete sie das Nordfenster, um die frische Morgenluft genießen zu können. Nach einigen tiefen Atemzügen am Fenster drehte sie sich rechts nach dem kleinen runden Beistelltischchen, auf dem ihr Flickkorb stand, nahm ihn in die Hand und trug ihn zum Wohnzimmertisch. Dann griff sie nach Klaras hellblauem Seidenkleid, wobei sie in der Bewegung nur einen ganz kurzen Blick auf die Honigkerze, die auf dem Tisch stand, warf. – Aber das war doch nicht möglich! Ihre Gedanken überschlugen sich förmlich. In der Bewegung erstarrt, leicht nach vorne gebeugt, fing Mariele zu schwanken an. Ihr Kopf dröhnte und das Zimmer drehte sich um sie – dann fiel Mariele vornüber auf den Stuhl in Ohnmacht. Es war einfach zuviel für sie.

Die angebrannte Kerze, die in ihrem Traum von dem seltsamen schwarzen Wesen, das sich als Drache bezeichnete und sich Yiss nannte, angezündet worden war, doch in der realen Welt der Familie nie angezündet wurde, stand noch immer herausfordernd auf dem Wohnzimmertisch, als Mariele nach einigen Minuten aus ihrer Ohnmacht auftauchte. Die junge Mutter erwachte mit brummendem Kopf. Etwas blaues verdeckte ihre Augen; das kam von Klaras hellblauem Seidenkleid, welches sich nach dem Ohnmachtssturz um Marieles Kopf hüllte. Mariele versuchte in einer etwas zu hektischen Bewegung, das Ding mit ihrer freien linken Hand, auf der rechten Hand lag noch ihr eigener Körper, vom Kopf zu ziehen, riss dabei jedoch die auszubessernde Stelle weit mehr auf. Dieser reißende Laut war es, der Mariele wieder ganz zu sich brachte. Sie fluchte eigentlich nie, doch diese Situation ließ sie ihre gute Kinderstube völlig vergessen. Mit einem sehr unschönen Kraftwort rappelte sie sich aus dem Sessel hoch. Welch ein Glück, dass sie nicht mit dem Kopf auf die Tischkante schlug, dachte sie erleichtert und sah unwillkürlich wieder auf die angebrannte Kerze. Erneut überfiel sie ein Schwindel, als sie das Unmögliche zu begreifen versuchte. Ja, wenn das Karl zugestoßen wäre! Der hätte bestimmt eine vernünftige Erklärung dafür. Er las ja schließlich alle möglichen Fantasy-Romane. Ein paar davon hatte sie früher auch einmal gelesen, um zu wissen, womit sich ihr Mann beschäftigt. Doch hielt sie dies alles für absoluten Schwachsinn; nicht wert, auch nur eine Zeile davon zu lesen, was sie Karl jedoch niemals bekennen würde. Und jetzt? Sie war selbst in so einen Roman völlig unvorbereitet und unschuldig hineingeschlittert. Hatte sie vergangene Nacht all das wirklich nur geträumt? Aber wie kam es dann, dass die Kerze angebrannt war? Konnte dies vom parapsychologischen Standpunkt aus möglich sein? Was bedeutete schon das Wort *Parapsychologie*: Neben-Psychologie. Ja, neben dem Gewöhnlichen entsprach diese Situation mit Sicherheit.

Es half nichts. Sie musste warten, bis Karl abends wieder zu Hause war. Er würde ihr das bestimmt erklären können. Also, zurück zum Alltäglichen. Mariele begutachtete den angerichteten Schaden. Am liebsten hätte sie über ihre Ungeschicklichkeit geheult. Doch das hätte das Kleid auch nicht wieder ganz gemacht. Mit einem tiefen Seufzer setzte sich die junge Mutter auf den Stuhl, der neben dem Westfenster stand und nahm die Flickarbeiten auf, was ihr, im Nachhinein betrachtet, ganz gut gelang.

Viertel vor sieben weckte sie die Kinder, damit sie rechtzeitig in den Kindergarten kamen. Für Maximilian sollte dies der letzte Gang zum Kindergarten sein. Ab Herbst durfte er die Schule besuchen. Doch vorher stand noch die schöne Ferienzeit an, insbesondere der dreiwöchige Aufenthalt in den Bergen, den die Familie am nächsten Tag antreten wollte. Fäh durfte diesmal mit. Auf dem Bauernhof, den sie in den Berchtesgadener Alpen ausgesucht hatten, war es ohne Probleme möglich. Zwar konnten sie nur Übernachtung mit Frühstück buchen, doch wurde ihnen versichert, sich in der kleinen Küche im Aufenthaltsraum auch ein paar Kleinigkeiten kochen zu dürfen.

Mariele freute sich schon so sehr auf diesen Urlaub. Vielleicht konnten sie den Urlaub doch noch um eine Woche verlängern, wenigstens sie mit den Kindern. Auch darüber wollte sie mit Karl am Abend diskutieren.

Während die Kinder im Kindergarten waren, ging Mariele erst mal ihren normalen Aufgaben nach. Sie wusch noch die letzte Wäsche vor der Abreise in der Waschmaschine, während das Geschirr im Geschirrspüler gespült wurde. Danach hing Mariele die Wäsche zum Trocknen im abgeschlossenen Hof der Häuseranlage auf. Die warme Sonne würde schnell die Wäsche trocknen lassen.

Anschließend schüttelte Mariele die Betten in den zwischenzeitlich gut gelüfteten Schlafzimmern auf. Mit einem Gefühl von großer Scheu und zugleich Achtung nahm sie den Stoffdrachen von Maximilian in die Hand, so als würde er leben und setzte ihn mitten auf das Bett. Sie betrachtete den kleinen, unschuldigen Stoff-Yiss, wobei ihr wiederholt der Traum in Erinnerung kam. Mit einem Kopfschütteln und einem zweifelnden Gesichtsausdruck wollte sie eben das Zimmer verlassen, als sie ein Kichern hinter sich vernahm. Abrupt drehte sie sich um und starrte auf den Stoffdrachen, der jedoch genauso auf der Mitte der Bettdecke saß, wie sie ihn dort verlassen hatte. Fing sie jetzt schon an zu spinnen? Und wieder hörte sie beim Verlassen des Raumes dieses Kichern. Mit einem lauten Knall warf sie erschrocken hinter sich die Türe ins Schloss und beeilte sich, in die Küche zu kommen, in der sie die Kartoffeln für das Mittagessen auf den Herd setzte, nachdem sie die Knollen geschält und in Viertel geschnitten hatte. Nun musste sie nur noch mit dem Teppichsauger durch die ganze Wohnung fahren. Das Kinderzimmer, welches ihr sehr unheimlich geworden war, hätte sie am liebsten ausgelassen, doch tapfer saugte sie auch diesen Raum. Bei dem Lärm hörte sie wenigstens kein Kichern. Aber wie sehr erschrak sie, als sie doch einen Blick auf den Drachen riskierte und dieser etwas über der Bettdecke schwebte – einfach so. Mariele starrte auf die Stelle, an welcher der Stoffdrache eigentlich hätte sitzen müssen. Es war da auch eine Delle ersichtlich, jedoch der Stoffdrache schwebte ein paar Zentimeter darüber. War sie denn übergeschnappt?

Mariele schaltete den lauten Teppichsauger aus, nahm all ihren Mut zusammen und sprach mit leicht sich überschlagender Stimme den Stoffdrachen an. „Yiss, kannst du mich hören?"

„Ja, laut und deutlich", vernahm Mariele. Ihre Knie wurden wieder weich und sie musste sich schwer auf das Rohr des Teppichsaugers stützen, um nicht zu schwanken. Unwillkürlich drehte sie ihren Kopf nach hinten, ob da nicht jemand stünde, der die Antwort hätte geben können. Doch dort stand niemand. Es musste also von dem Stoffdrachen kommen.

„Bitte entschuldige, dass ich dich so erschreckt habe. Erwachsene sind anders als Kinder", bat Yiss um Verzeihung. „Weißt du, ich fühle mich sooo allein. Und da konnte ich nicht widerstehen, und habe probiert, wie ich mich bemerkbar machen kann. Das mit der Kerze tut mir auch leid. Wenn ich gewusst hätte, wie wertvoll dir die Kerze ist, hätte ich sie natürlich nicht entzündet."

Mariele vernahm sehr deutlich die lispelnde Stimme des Stoffdrachen. Es war ihr unerklärlich, wie das möglich sein konnte. Langsam akzeptierte sie die Anwesenheit des Fabelwesens.

„Tut mir leid, wenn ich überreagiert habe. Aber das ist mir noch nie in meinem Leben passiert. Ja, ich hätte nicht einmal im Traum an so etwas wie dich gedacht. Oh, tut mir leid, ich wollte dich nicht kränken", erwiderte Mariele.

„Macht nichts. Hauptsache, du bist mir nicht mehr böse." Yiss nahm die Entschuldigung an.

„Würdest du bitte Fäh zu mir hereinlassen, während du nach deinen Kartoffeln siehst", bettelte der Stoffdrache.

„Um Himmelswillen, meine Kartoffeln!"

Mariele ließ den Teppichsauger stehen und eilte vor zur Küche. Ein stetiges Zischen verriet ihr, dass einiges von dem Kochwasser der Salzkartoffeln übergelaufen war und auf der Kochplatte stinkend festbrannte. Mit schnellem, geübten Griff nahm Mariele den Topflappen, der über dem Herd hing zur Hand und zog den Kochtopf erst einmal von der heißen Kochplatte. Wie das stank. Das gab noch eine Menge Arbeit, die verschmutzte Platte zu reinigen! Na, ja. Passiert ist passiert. Da hilft kein Jammern. Sie prüfte, ob die Kartoffeln bereits gar waren, goss die Kartoffeln mit dem Wasser in ein Sieb in die Spüle und schüttete die abgetropften Kartoffeln wieder zurück in den Topf, den sie dann mit dem Deckel schloss. Darin würden die Kartoffeln schön warm bleiben, bis sie mit den Kindern vom Kindergarten wiederkam.

Schnell zog sich Mariele im Flur ihre Straßenschuhe an, nahm den Schlüsselbund heraus und verließ die Wohnung, die sie hinter sich zusperrte.

Der Stoffdrache und Fäh blieben somit alleine in der Wohnung zurück. Die Katze hatte natürlich die Unterhaltung zwischen Mariele und dem Stoffdrachen mitbekommen. Auch sie zweifelte inzwischen an der Unmöglichkeit der Existenz des Drachen in der Realität. Tiere können sehr wohl zwischen Traum und Realität unterscheiden – genau wie wir Menschen. Auch eine Art von Denkvermögen ist den Tieren eigen. Jedoch unterscheidet es sich sehr bei den verschiedenen Tierarten, wie zum Beispiel bei den Insekten, den großen und den kleinen Säugetieren, bei den Vögeln und natürlich auch bei den Fischen und Amphibien. Katzen haben die Fähigkeit, ähnlich dem Menschen, komplizierte Denkvorgänge ablaufen zu lassen. Allerdings lassen sie sich viel leichter von ihrem Spiel- und Jagdtrieb ablenken. Und noch eine hervorstechende Eigenschaft ist allen Katzen eigen: sie sind furchtbar neugierig.

Fäh hatte schließlich auch vergangene Nacht von dem kleinen Drachen geträumt – und vorhin konnte sie die Unterhaltung mitverfolgen. Yiss bat dabei um ihren Besuch im Kinderzimmer. Obwohl auch die Katze einen großen Respekt vor dem Unbekannten und Ungewöhnlichen hatte, siegte die Neugierde. Sie erhob sich wie immer umständlich von ihrem Liegekissen auf dem Fensterbrett in der Küche, dehnte und streckte sich und sprang elegant auf den Boden hinab. Sie schlabberte ein wenig aus ihrem Trinknapf von der bereitgestellten dünnen Milch. Quasi eine Stärkung für die bevorstehende Begegnung, so als müsse sich ein Mensch mit Alkohol erst mal Mut antrinken.

Fäh stolzierte, schließlich wurde SIE gewünscht, den Flur entlang zum Kinderzimmer, dessen Türe noch weit offen stand. Das Fenster war bereits geschlossen. Der Stoffdrache saß inzwischen wieder auf der kleinen Kuhle in der Mitte der Bettdecke, so als wäre nie etwas passiert.

Fäh betrat das Zimmer mit dem weichen Teppich, der ihr ausgesprochen sympathisch war, und begrüßte den Stoffdrachen so, als wäre es der richtige Yiss.

„Guten Tag, Yiss. Ich hoffe du ruhst gut."

„Hallo Fäh!", rief Yiss erfreut. „Wie schön, dass du meiner Einladung gefolgt bist."

Fäh trat an das Bett von Maximilian heran, verlagerte ihr Gewicht auf die Hinterbeine, fixierte die Höhe der Bettkante und sprang elegant auf das Bett. Fast Auge in Auge fand sie sich dem Stoffdrachen gegenüber, der sich gerade noch aufrecht halten konnte, da die Bettdecke nun eine zweite, viel tiefere Kuhle durch Fäh aufwies und der Drache zum Umkippen neigte.

„Schnell, lege dich vor mich hin, damit ich nicht umfalle", bat der kleine Stoffdrache.

Aber das Wort *schnell* macht auf keine Katze einen Eindruck. Ehe sie sich bewegen konnte, fiel der Stoffdrache ihr entgegen. Erschrocken über die unerwartete Berührung sprang sie schnell zur Seite.

„Na, gut. Dann muss es eben auch so gehen", meinte Yiss resigniert.

„Ähm, tut mir leid. Das habe ich nicht gewollt", entschuldigte sich Fäh. „Aber vielleicht kann ich mich ja unter deinen Arm schmiegen, dann könntest du dich ein wenig aufrichten."

„Ja, versuchen wir es."

Die Katze duckte sich unter dem linken, leicht gestreckten Arm des Stoffdrachen, wobei Yiss tatsächlich um einiges aufgerichtet wurde. Fäh blieb in dieser für sie nicht sehr bequemen Stellung liegen. „Geht es so?", fragte sie fürsorglich.

„Ja, so ist es viel besser."

„Und was möchtest du weiter?"

Statt einer Antwort entfuhr Yiss ein Freudenjauchzer.

„Juhu, ich freue mich ja so, dass ich mich hier bei euch bemerkbar machen kann. In der Traumwelt von euch ist es ja sooo langweilig. Da passiert im Moment gar nichts."

„Aha", meinte Fäh nur kurz dazu, die eigentlich gar nicht verstand, was Yiss damit meinte.

„Ich habe aus Marieles Gedanken entnommen, dass die Familie schon morgen wegfährt. Weißt du, wohin?", fragte Yiss unvermittelt.

„Nein, das weiß ich nicht. Aber leider muss ich dann immer alleine hier bleiben und dann kommt nur für eine kurze Weile die Mutter von Mariele, um mir Essen und Trinken zu geben. Schmusen mag sie nicht mit mir. Ich glaube, dass sie Tiere nicht besonders mag."

„Dann darf ich dir ein Geheimnis verraten. Du darfst diesmal mitfahren. Das habe ich aus Marieles Gedanken erfahren."

„Au, fein! Das freut mich wirklich sehr. Oh, bin ich neugierig, wie das sein wird. Danke, dass du mir das sagst. Du bist wirklich ein Freund, weißt du."

„Danke, Fäh. Es freut mich, dass du dich freust." Etwas traurig setzte er hinzu: „Aber glaubst du, Max nimmt mich mit? Ich meine, nachdem Mariele so hysterisch reagiert hat."

Fäh legte ihr Köpfchen etwas auf die Seite und überlegte kurz. Doch für sie gab es keinen Zweifel. „Ich meine sogar, Max nimmt dich auf jeden Fall mit. Er kann doch ohne dich gar nicht mehr einschlafen."

Yiss antwortete nichts darauf, aber er freute sich sehr über diese Gedanken der Katze. „Danke", sagte er einfach.

Sie unterhielten sich noch über dies und das, was sie in den vergangenen Tagen gemeinsam erlebten, und dass Yiss den Kindern im Traum ihres Traumes das Fliegen beibrachte, was Fäh nicht ganz verstehen konnte. Es war ihr zu kompliziert, um es verstehen zu können.

Schließlich kam Mariele mit den Kindern zurück, die Fäh mit Yiss auf Maximilians Bett durch die offene Kinderzimmertüre sahen, während sie ihre Straßenschuhe an der Garderobe vor dem Kinderzimmer von den Füßen streiften.

Klara lief sogleich strumpfsockig ins Zimmer auf das Bett zu und streichelte Fäh über das vom Stoffdrachen halb verdeckte Köpfchen, wobei sie erst den Stoff-Yiss aufrecht setzte, da sie merkte, dass Fäh sich offensichtlich unwohl fühlte. Dankbar blinzelte die Katze das kleine Mädchen an.

Maximilian drückte sich an die Seite von Clarence, begrüßte die Katze und Yiss. „Komm Clarence, Mutti hat gesagt, dass wir gleich unsere Hände waschen und dann in die Küche kommen sollen", mahnte Max seine Schwester.

„Tschüs ihr beiden." Klara verabschiedete sich und ging mit Max zum Bad.

Endlich konnte Fäh es sich bequemer machen.

Kapitel 19

Urlaubsvorfreude und noch eine besondere Begegnung

Der wunderschöne, erst rosarote, dann purpurrot schimmernde Abendhimmel, an dem ein paar kleine, verspielt wirkende Wölkchen langsam vorüberzogen, versprach einen sehr schönen, aber auch heißen nächsten Tag. ‚Endlich Urlaub!', jubelte Karl, Maximilians und Klaras Vater in Vorfreude auf die nächsten drei Wochen, von den sie diesmal zwei Wochen im Gebirge auf einem Bauernhof verbringen wollten. Karl und Mariele wollten ihren Kindern das Landleben etwas näher bringen, da es ihr großer Wunsch war, einmal auf das Land ziehen zu können. Und dieser Wunsch rückte beträchtlich näher, als Karl von seiner Beförderung in Frankfurt erfuhr. Er würde besser verdienen, brauchte nicht mehr so oft zu verreisen und hätte mehr Zeit für seine Familie, die er über alles liebte. Vielleicht hätte er dann auch wieder mehr Zeit zum Lesen. Ach, wie lange war das schon her, seit er ein gutes Buch lesen konnte. Ja, im Urlaub letzten Jahres fing er einen dicken Schmöker an: Der Herr der Ringe. Doch er kam einfach nicht über den ersten Teil hinweg – und dann war keine Zeit mehr dafür. Schade. – Genau! Das Buch werde ich mitnehmen, fiel ihm siedendheiß ein, während er an diesem wunderschönen Freitagabend vom Flughafen nach Hause fuhr. Er nahm das Diktiergerät vom Nebensitz. Es lag dort während der Fahrt immer bereit. Karl sprach diesen Gedanken auf das Band. Wie gut, dass Mariele ihn davon überzeugte, dass so ein Diktiergerät überaus praktisch sein konnte. Er konnte damit seine Ideen schnell und ohne Umstände festhalten.

Da die Innenstadt Freitag abends meist sehr verstopft war, fuhr er die Ostumgehung vom Flughafen zu dem Stadtteil, in dem sie wohnten – in Sendling. Karl brauchte dazu gerade mal eine dreiviertel Stunde, so gut konnte er durchfahren, trotz des anschwellenden Reiseverkehrs. Er hatte einfach Glück gehabt.

Mariele hörte den Wagen durch das offen stehende Wohnzimmerfenster einparken. Das typische puffende Geräusch, das der Mercedes beim Einparken verursachte, konnte Mariele unter vielen von den in der Umgebung parkenden Autos unterscheiden. Die Mutter trat zum Fenster und sah hinunter. Sie winkte Karl zu, als er während des Auspackens kurz hinauf sah zur Wohnung. Karl winkte lächelnd zurück, warf dann die hintere Türe auf der Fahrerseite zu, schloss den Wagen und ging zum Haus. Mariele schritt derweil schnell zur Eingangstüre, um dort den Türöffner zu betätigen, damit Karl nicht erst seinen Schlüssel suchen müsse.

Während der letzten beiden Schritte auf die Haustüre zu sah Karl aus dem Augenwinkel eine Bewegung, der er mit seinem Kopf folgte. Eine graugetigerte Straßenkatze schlich mit angelegten Ohren durch das Gestrüpp, das im Vorgarten wucherte. Mehr unterbewusst öffnete er zwar die Haustüre, trat aber nicht in das Haus ein, sondern folgte mit seinem Blick den Bewegungen der Katze. Es schien, als würde das Tier ihn überhaupt nicht wahrnehmen. Karl folgte der Blickrichtung der Katze – und da sah er die große, fette Maus und, Karl glaubte es kaum, eine große, graue Ratte mit böse blitzenden gelben Augen, die es offensichtlich auch auf die fette Maus abgesehen hatte. Karl schluckte schwer. Das Tier fixierte ihn, als wäre auch er eine Beute. Großes Unbehagen beschlich ihn. Er wusste nicht, was er nun tun sollte. Würde er dem Tier den Rücken zukehren, könnte die Ratte ihn beißen, denn der Abstand zwischen den beiden betrug gerade mal einen guten Meter – viel zu kurz, um flüchten zu können. Karl wunderte sich, dass eine Katze und eine

Ratte es zugleich auf eine Maus abgesehen haben. Das war sehr ungewöhnlich.

Und dann löste sich ganz plötzlich die angespannte Sekunde auf. Die Ratte drehte sich blitzschnell um und verschwand flugs in einem stillgelegten Regenablaufrohr, das von oben herabführte und nach unten geöffnet war, damit das Wasser bei Regen in den Vorgarten abfließen und in dem dafür angebrachten Kiesflecken versickern konnte. Die Katze sah mit ihren hervorgetretenen braunen Augen zu Karl hoch, den Körper noch immer angespannt, als wolle sie die Maus jeden Moment anfallen. Aber die vollkommen verängstigte Maus rührte sich nicht. Nach endlos wirkenden Sekunden entspannte sich ganz langsam der Körper der Katze. So als wäre sie um ihr Vergnügen gebracht worden, warf sie einen verächtlichen Blick auf den Menschen, der dort wie ein Opfer stand, leckte sich die vordere rechte Pfote und verließ stolz schreitend den Schauplatz, indem sie einfach um die niedrige Mauer, die den Vorgarten umgab, ging und damit aus dem Sichtbereich Karls verschwand. Nur die fette Maus saß noch wie angewurzelt an ihrem Platz, bis schließlich die Starre von ihr wich, sie sich kurz am Bauch putzte, ins Gebüsch flüchtete und verschwand. Die ganze Szene dauerte nur Sekunden. Karl kam es wie Minuten vor.

Erst jetzt war ihm bewusst, dass er die Türe mit dem rechten Fuß offen hielt. Er schüttelte heftig den Kopf, um damit alle Reste der Anspannung zu beseitigen und betrat endlich das Haus. Ein kleiner Schauder lief ihm über den Rücken, als er, während er die Treppe wie ein Erschöpfter erklomm, darüber sinnierte, was alles hätte passieren können. Hoffentlich war das kein schlechtes Zeichen!

Doch als er Mariele an der Türe wartend erblickte, war alles vergessen. Mit einem etwas verwunderten, doch immer noch lächelnden Blick begrüßte sie ihren Mann mit einem Kuss, umarmte ihn innig, um ihn dann endlich in die Wohnung eintreten zu lassen.

Die Kinder lagen natürlich schon im Bett. Es war ja bereits nach neun Uhr abends. Karl zog sich erst mal bequem an, indem er seinen Anzug gegen seine Jeans und ein T-Shirt tauschte und dann setzte sich das Ehepaar erst mal zu einem Plausch bei einem Glas Rotwein im Wohnzimmer zusammen. Beide waren zu müde, um sich gegenseitig ihre Erlebnisse zu erzählen; Mariele über den Drachen und Karl über die Ratte und die Katze. Am nächsten Tag am Urlaubsort wollten sie dies nachholen. Dann notierte sich Karl noch kurz seine auf das Diktiergerät gesprochenen Gedanken, holte gleich das große, rot eingeschlagene Buch 'Der Herr der Ringe' aus dem Regal, stellte seine Aktentasche, aus der er vorher sein elektronisches Notizbuch, kurz Laptop genannt, entnahm, neben den Sekretär, ein verschließbares Möbelstück, das zu einem Schreibtisch umfunktioniert werden konnte, öffnete die Deckklappe, legte den Laptop in den Sekretär und verschloss die Deckklappe wieder. Er wollte die nächsten Wochen nichts davon hören oder sehen.

Die von Mariele fertig eingepackten Koffer und Taschen standen bereits im Flur. Karl konnte also etwas länger schlafen, seine persönlichen Dinge noch einpacken und dann könnten sie losfahren.

Das Ehepaar freute sich wirklich auf ein paar unbeschwerte Urlaubswochen in guter Luft.

Dann machten sich beide zum Schlafen bereit und gingen zu Bett. Mariele schlief wie meistens schnell ein. Auch Karl fiel sehr bald in tiefen Schlaf, obwohl ihm noch einiges durch den Kopf jagte: seine Beförderung, die Begegnung mit den ‚wilden' Tieren und zu guter Letzt noch der bevorstehende Urlaub.

Gerade träumte er von einem Spaziergang mit der Familie an einem Gebirgsfluss entlang, der links und rechts von hohen Bergmassiven begleitet wurde. Das Wasser schien blau zu sein, war jedoch glasklar. Maximilian und Klara liefen etwas voraus und plapperten miteinander, während Mariele rechts von ihm ging. Niemand war weder vor noch hinter ihnen zu sehen, als er plötzlich ein Kichern hörte. Er sah zu Mariele, ob sie es auch gehört hätte, aber sie ging verträumt und ruhig den Weg entlang. – Da war es schon wieder! Die Kinder konnten es nicht sein, da sie leise miteinander redeten, wie bei einer Verschwörung, empfand er.

„Hi, hi, hi! Gefällt dir der Traum?", hörte er jemanden lispeln.

Was für eine Stimme war das? Woher kam sie?

„Willst du das wirklich wissen?", fragte die seltsame Stimme sogleich nach.

„Ja, natürlich möchte ich das wissen, zum Donnerwetter", schimpfte Karl im Traum.

„Bitte nicht schimpfen", bat die Stimme. „Ich will dir ja nichts Böses tun."

„Tut mir leid. Also, gut, zeige dich, wer immer du auch bist", forderte Karl den Unbekannten auf und verhielt seinen Schritt.

Im nächsten Moment war Mariele verschwunden und nur er, die Kinder und noch etwas war auf dem Weg.

Vollkommen erstaunt über das vor ihm stehende fremde Wesen klappte Karls Unterkiefer herunter. Das war doch gar nicht möglich? Vor ihm stand der niedliche kleine Stoffdrache, aber lebend und größer.

„Yiss, ist mein Name, falls du das schon vergessen hast", lispelte der kleine Drache.

Diese Überraschung war dem Drachen vollkommen gelungen und er sonnte sich darin. Der Mann vor ihm war nicht nur überrascht, sondern auch erfreut über sein Erscheinen, wie Yiss fühlte.

„Wie kommst du denn hierher?", fragte er ungläubig.

„Ein Blitz hat mich zu euch gebracht", antwortete Yiss. „Und jetzt bin ich hier, und weiß nicht, wie ich wieder heimkehren kann. Ich habe gehofft, du kannst mir dabei helfen", flehte der kleine Drache.

„Wie soll ich dir denn dabei helfen? – Oh, tut mir leid, das ist mir jetzt nur so rausgerutscht", setzte er gleich hinzu, als er sah, dass dem kleinen Drachen glitzernde Tränen in die Augen traten. „Wir werden schon einen Ausweg für dich finden", beruhigte er Yiss.

„Das sagst du jetzt nur so, um mich wieder aufzuheitern", lispelte der Drache, wobei ihm bereits die erste Träne über eine Furche die Nase entlang herabrann, um dann dort in einem winzigen Wölkchen zu verdampfen. Sein Kopf hing tief nach unten, so sehr war er schon entmutigt.

„Nein, nein, das meine ich ganz ernst. Ich habe darin Erfahrung, glaube mir." Karl versuchte den kleinen Drachen zu beruhigen, dem mehr und mehr Tränen zum Nasenende herabrollten, um dort zu verdampfen.

„Ich bin sozusagen Spezialist im Drachen-nach-Hause-bringen", brüstete er sich.

Tatsächlich wirkte diese Aufmunterung auf den Drachen. „Wirklich? – Und wie willst du das anstellen?"

„Hm, lass mich erst mal überlegen." Karl furchte dabei ein paar lange, quer über die Stirne laufende Falten.

„Machen wir es uns doch bequem dazu", schlug Yiss vor. Schwups! Im nächsten Augenblick saßen beide auf einer großen, mit vielen bunten Blumen bestückten Almwiese, ein herrliches Bergpanorama ringsherum. Yiss bediente sich aus einer von Karls Erinnerungen an diese Idylle.

„Wo sind die anderen?", wunderte sich Karl.

„Och, die schlafen in ihren Betten."

„Und wieso sind wir jetzt hier?"

„Also, willst du jetzt dumme Fragen stellen oder wollen wir uns unterhalten?", platzte der kleine Drache vor Ungeduld heraus.

„Pardon, ich wollte ja nur wissen, was los ist."

„Tut mir leid", entschuldigte sich auch Yiss für sein schlechtes Benehmen. „Ich vergaß mich."

„Gut, also, wie genau bist du hierhergekommen?", wollte Karl endlich wissen.

Und dann erzählte Yiss dem Vater die ganze Geschichte von Anfang an.

„Und meine Familie hat mir nichts davon erzählt." Karl war über das mangelnde Vertrauen seiner Familie enttäuscht.

„Bitte sei nicht traurig", bat Yiss. „Mariele und die Kinder wollten dich nur nicht beunruhigen. Aber ich sehe jetzt ein, dass wir dich schon viel früher einweihen hätten sollen." Yiss legte dabei beruhigend sein sechsfingriges Händchen auf die von Karl nahe gelegene rechte Hand. Wie elektrisiert zog Karl seine Hand zurück, schämte sich jedoch gleich darüber.

„Ich war nur erschrocken über deine Berührung." Damit ergriff er schnell den linken Arm des kleinen Drachen.

„Weißt du, dass du unser Leben ganz schön durcheinander wirbeln wirst? Wer hat schon einen richtigen Drachen daheim? Aber irgendwie gefällt mir die Vorstellung. Ich verspreche dir, dass wir alle dir helfen werden, damit du wieder nach Hause kannst." Karl beendete somit das Gespräch.

„Danke", hauchte Yiss erleichtert. „Ich werde mich morgen wieder bei euch melden. Schlaf gut bis morgen – und eine gute Reise", wünschte Yiss zuletzt. Dann fiel Karl in Tiefschlaf.

Geschafft! Yiss war mit sich sehr zufrieden.

Kapitel 20

Yiss fährt mit in den Urlaub

Die goldene Sommersonne ging an einem wolkenlosen, strahlendblauen Himmel über München auf und verbreitete in allen Herzen eine wohlige Stimmung. Für Maximilian war die Nachtruhe, wenn man seinen diesmal mehr als nur unruhigen Schlaf so nennen wollte, schon am frühen Morgen vorbei. Er konnte das herrliche Wetter regelrecht spüren, obwohl der vorgezogene Vorhang es nicht erkennen ließ. Der Junge wusste, dass sein Vater an den Wochenenden gerne etwas länger im Bett liegen blieb. ‚Aber könnte Vati an diesem schönen Reisetag nicht einmal eine Ausnahme machen?', überlegte Max. Vielleicht war Mutti schon auf den Beinen? Sollte er nicht doch das Risiko eingehen und kurz nachsehen, ob schon jemand aufgestanden war?

Yiss lispelnde Stimme beendete seine grübelnden Gedanken. „Guten Morgen, Max", hörte der Junge in seinem Kopf. Der kleine Drache hatte diese Begrüßung von Karl und Mariele gelernt.

„Guten Morgen, Yiss", flüsterte Max sehr leise.

„Ich freue mich ja schon so auf die Reise!", gestand der Drache. „Jetzt, da ihr mich alle kennt, gibt es kein Problem mehr für mich."

„Was? Dich kennen alle? Auch Vati?" Maximilian stellte diese Fragen vor Überraschung mit lauter Stimme, wodurch Klara erwachte. Das Mädchen fieberte ebenso dem Aufenthalt auf dem Lande entgegen wie der Rest der Familie, wenn auch aus anderen Gründen. Sie liebte Tiere sehr – und heute sollte sie auf dem Bauernhof noch viele kennenlernen. Genaugenommen konnte sie es gar nicht mehr erwarten, weshalb ihr Schlaf an diesem Morgen nicht so tief war, wie üblich.

„Morgen, Max", murmelte sie. „Bist du auch schon wach?"

„Morgen, Clarence. Tut mir leid, wenn ich dich geweckt habe", entschuldigte sich Max.

„Oh, das macht nichts. Ich freue mich ja schon so auf den Bauernhof! Nimmst du Yiss mit?"

„Na klar! Was denkst du denn?"

„Fein!", hörte Klara, ebenso wie Max in diesem Moment in ihren Köpfen den Drachen rufen. „Endlich wird es spannend. Ich bin doch schon sooo neugierig auf den Bauernhof. Was ist denn ein B a u e r n h o f ?", fragte Yiss unwissend.

Max erklärte in kurzen Worten, wie er sich einen Bauernhof vorstellte: Ein großes Haus auf einer Wiese mit einem Stall daneben, in dem viele verschiedene Tiere untergebracht waren wie zum Beispiel Kühe, junge Kühe, die Kälber genannt werden, Schweine, Hühner und vielleicht auch noch Enten oder Gänse. Und dann läuft auf dem Hof natürlich noch ein großer Hund herum. Ja, und Katzen gibt es selbstverständlich auch mehrere, ergänzte Klara. Die Kühe müssen gemolken werden, damit man Milch bekommt. Die Hühner legen Eier, die man dann zum Wandern mitnimmt – ja und den Speck liefern die Schweine dazu. Aber dies alles wüssten sie auch nur aus Erzählungen und aus ihren Büchern.

Yiss hörte den beiden Kindern aufmerksam zu. Wenn er auch nicht alles verstand, was sie ihm erklärten, so fand er es doch ungemein interessant, was da auf ihn zukommen sollte.

So unterhielten sich die Kinder fast eine halbe Stunde lang mit dem Drachen, meist mit gemäßigten Stimmen. Nur wenn die Begeisterung mit ihnen durchging, wurden sie kurzzeitig lauter, wobei sie sich gegenseitig mahnten, leiser zu sprechen.

Mariele wäre eine schlechte Mutter gewesen, wenn sie nicht die Stimmen ihrer beiden Kinder schon längst gehört hätte. Sie erwachte bereits, nachdem Klara sich in das Gespräch zwischen dem Drachen und ihrem Bruder einmischte. ‚Was soll's? Wir fahren ja heute in den Urlaub.' Karl würde sie sowieso gleich wecken, damit sie bald aufbrechen könnten. Allerdings schlief ihr Mann noch so tief, dass sie ihn gar nicht wecken wollte. Nachdem die Kinder bereits eine gute halbe Stunde miteinander sprachen, glaubte sie, es wäre nun an der Zeit. Missmutig brummte er, nachdem Mariele ihn sanft an der Wange streichelte.

„Karl, es wird langsam Zeit", flüsterte sie ihm zu. „Wir wollen doch heute noch fahren, oder?" Mariele betonte besonders das Wort ‚heute'.

„Hm, Schatz", kam brummend die Antwort.

Es dauerte eine kleine Weile, bis das Ehepaar nach Austausch von ein paar Zärtlichkeiten aufstand. Nach der Morgentoilette holte Mariele die Kinder aus dem Bett, lüftete die Schlafzimmer, wobei sich Fäh noch tiefer in ihre kuschelige Sommerdecke verkroch und bereitete das gemeinsame Frühstück vor.

Gegen halb zehn, nachdem die Küche aufgeräumt, die Betten gemacht und die letzten persönlichen Gepäckstücke bereitlagen, verstaute Karl den ganzen Gepäckhaufen im Wagen. Mariele steckte die Katze in den Transportkorb, Max nahm Yiss in seinen Arm, Klara hatte ihre Malsachen griffbereit in einem Beutel in der Hand, Karl trug Marieles Tasche mit der Brotzeit darin – und dann war es so weit: sie verließen die Wohnung und das Haus, in dem sie wohnten, stiegen alle vergnügt in den mit Gepäck vollgestopften Wagen und fuhren endlich los.

Es war wirklich ein herrlicher, sehr warmer Tag. Nachdem etwa die Hälfte der Strecke zurückgelegt war, machte Karl an einem Autobahnrastplatz eine genügend lange Pause, während sie sich alle die Füße vertreten konnten, bis auf Fäh, die in ihrem Transportkorb bleiben musste. Mariele stellte ihn wenigstens auf die Bank außerhalb des warmen Wagens und sprach beruhigend auf das etwas verstörte Tier ein, bis sich die Katze beruhigte. Endlich fing Fäh an zu schnurren, woraufhin alle wieder in das Auto einstiegen und weiterfuhren.

Yiss ‚sah' sozusagen mit den Augen des Jungen die Umgebung. Der Drache versetzte einen Teil seines Bewusstseins in das von Max, womit er genauso gut die Umwelt wahrnehmen konnte. Am liebsten wäre es ihm gewesen, der Wagen würde viel langsamer fahren. Doch dann kämen sie nie an dem Bauernhof an. Also wappnete er sich mit Geduld, bis der große Augenblick käme. Für Yiss schienen Tage vergangen zu sein, bis sie die steile Anfahrt zu dem Anwesen, auf dem sie die nächsten zwei Wochen verbringen wollten, hinter sich hatten und vor dem mit Blumen geschmückten Haus hielten. Bevor sie alle aussteigen konnten, sprengte laut bellend aber schwanzwedelnd ein großer, dunkler, langhaariger Schäferhund hinter dem Haus hervor. Karl fürchtete sich keineswegs vor dem laut bellenden Hund, öffnete das Auto und stieg aus. Schon war der Hund bei ihm, wedelte freundlich mit dem Schwanz und bellte laut weiter. Karl sprach beruhigend auf den Hund ein, streichelte schließlich seinen Kopf und klopfte ihm leicht auf die Flanken. Als nächste verließ Mariele das heiße Auto und wurde ebenso lautstark und schwanzwedelnd von dem Hund begrüßt. Max und Klara jedoch zogen es vor, im Auto zu warten, bis der Hund weg wäre. Der große, schwarze Hund wirkte auf sie leicht bedrohlich, wenn er auch einen freundlichen Eindruck erwecken mochte.

Endlich kam eine Frau aus dem Bauernhaus und gebot dem Hund, den sie ‚Prinz' rief, ruhig zu sein, damit sich auch die Kinder aus dem Auto trauen könnten.

„Grüß Gott beisammen", wurde die Familie schließlich willkommen geheißen.

„Ich bin Frau Resi und die Bäuerin vom Hof hier."

„Karl und Mariele Hofmann", entgegnete Karl. „Und das sind Max und – nein, nicht Moritz", scherzte er. „Nein, das ist unsere Klara, auch Clarence genannt."

„Grüß euch Gott, Kinder. – Habt's an Durscht bei der Hitz'n? – Wissen's was", wandte sich die Bäuerin an Karl, „sie räumen ihr Gepäck aus – ich zeig' ihnen gleich, wo sie wohnen – und die Kinder können sich derweil vor's Haus setzen und was trinken und sich mit dem Hund anfreunden."

„Ja, das ist eine prima Idee!", meinte Mariele.

Die Bäuerin zeigte der Familie zuerst die Ferienwohnung, die den ganzen ersten Stock des Hauses einnahm, ergriff dann die Kinder an ihren Händen und ging mit ihnen vor das Haus. Während der ganzen Zeit hielt Max Yiss schützend in seiner Armbeuge fest.

Frau Resi hatte das ungewöhnliche schwarze Stofftier natürlich schon lange bemerkt. Sie fragte Max: „Na, was hast du denn da für ein schwarzes Ungeheuer im Arm?"

„Schwarzes Ungeheuer?", protestierte Yiss lautstark in den Köpfen von Max und Clarence. „Dir zeig ich gleich, was ein Ungeheuer ist!", drohte Yiss beleidigt.

„Da, setzt euch derweil da hin. Ich bring' euch gleich was zu trinken. Mögt's a Limonad?", fragte Frau Resi.

„Ja, gerne!", riefen die Kinder wie aus einem Munde.

„Gut, ich bin gleich wieder da."

„Pst, Yiss", versuchte Max den Drachen zu beruhigen. „Das hat Frau Resi doch nicht so gemeint."

„Wie hat sie es dann gemeint?", wollte Yiss ganz aufgebracht wissen.

„Bitte sei doch nicht gleich beleidigt", redete Max auf Yiss ein.

„Das ist unerhört!", beschwerte sich Yiss wiederholt.

„Frau Resi hat doch gar keine Ahnung von dir, Yiss", versuchte Clarence sich vermitteln einzumischen. „Sie hat es bestimmt nicht böse gemeint."

„Trotzdem ...", versuchte Yiss weiterhin beleidigt zu tun, obwohl er eigentlich gar nicht mehr böse war über die Bemerkung der Bäuerin.

Es dauerte ein Weilchen, bis Frau Resi die Limonade holte, während Mariele und Karl das Auto ausräumten, die Katze natürlich zuerst. Noch während die Kinder mit Yiss sprachen und geduldig im Schatten auf ihre Limonade warteten, trottete langsam Prinz, der Schäferhund heran und beschnüffelte die beiden Kinder – und Yiss. Er stupste die Hände der Kinder mit seiner kalt-feuchten Nase an; sie verstanden seine Aufforderung, ihn zu streicheln. Anfangs streichelten sie den Hund gemeinsam, dann abwechselnd mal Max, mal Klara. Yiss beobachtete interessiert den Hund, mischte sich jedoch vorerst nicht ein.

„Na, habt's euch mit'm Hund schon anfreunden können?", fragte die Bäuerin gutmütig, während sie ein paar feste Plastikbecher und zwei Flaschen auf den Tisch stellte. „Ich hab' euch a Zitronenlimo und an Almdudler, des is a Kräuterlimo, mitbracht. – Probiert's mal beides." Und damit schenkte sie in dem einen Becher die Zitronenlimo und im anderen die Kräuterlimonade ein.

Gierig tranken die beiden Kinder die Becher in einem Zug aus. Es war Max und Klara bis dahin nicht bewusst, wie durstig sie tatsächlich waren. Die Bäuerin lachte über diesen großen Durst der beiden Kinder und schenkte nach.

„Jetzt muss i wieder in mei Küch geh'n, Kinder. Ihr könnt's euch ja ein bisserl umschaun auf dem Hof. Passt aber bei den Kühen auf. Ihr seid's ihnen noch fremd. Da nehm ich euch später bei der Stallarbeit mit hinein. Dann lernen's euch besser kennen."

Max und Klara ließen sich das Angebot nicht zweimal sagen. Sie sprangen vom Tisch auf und liefen über den Hof um das Haus, um sich erst einmal zu orientieren, was wo stand. Prinz trottete schwanzwedelnd hinter den Kindern her. Endlich rührte sich wieder etwas auf dem Hof.

„Passt auf euch auf, Kinder! – Macht euch nicht schmutzig!", rief Mariele ihnen nach, ehe sie erneut ein paar Gepäckstücke aus dem Auto zerrte und hinauftrug.

Nach einer Weile war das Auto ausgeräumt und das Gepäck weitgehend in der Wohnung verstaut. Karl dehnte seinen Rücken. Danach umarmte er Mariele und drückte ihr schmatzend einen Kuss auf den Mund.

„So, nun haben wir endlich Urlaub."

„Ja, endlich", erwiderte Mariele. „Wie geht es denn Schnurri?", wollte Mariele wissen. Sie löste sich aus der Umarmung und ging auf Fähs Transportkäfig zu, der zwar offen stand, aus dem sich die Katze bisher jedoch nicht heraus traute.

„Na, Schnurri – oder sollte ich lieber Fäh sagen?", sprach Mariele leise auf die Katze ein. „Willst du nicht herauskommen und dich ein wenig umsehen? – Dein Katzenklo steht gleich dort drüben", worauf Mariele mit ausgestrecktem Finger zeigte. „Na, vielleicht willst du lieber erst ein wenig trinken?" Mariele richtete sich auf und ging zur Küchenanrichte, um dort die Milchtüte zu öffnen. Sie schüttete ein wenig von der mageren Milch in Schnurris Katzengeschirr und brachte es der Katze hinüber, die noch immer im Körbchen blieb.

„Ich glaube, es ist besser, wenn wir sie ein wenig allein lassen", schlug sie Karl vor.

„Ja, sehen wir uns auf dem Hof um und gehen die Kinder suchen", meinte Karl. „Dann kann ich Frau Resi gleich nach einem nahegelegenen Lokal fragen, in dem wir essen könnten."

Karl und Mariele fanden die Kinder im Vorraum zum Kuhstall. Darin lag frisch gemähtes Gras, worauf einige niedliche junge Kätzchen herum tollten. Mittendrin saßen Max und Klara. Jedes der beiden Kinder hatte ein kleines Kätzchen auf dem Schoß, das sie streichelten. Allerdings hielten die Kätzchen es nicht lange darauf aus und entwanden sich den Kindern, um mit ihren Geschwisterchen fangen zu spielen.

„Max, Klara! Geht von dem Gras herunter. Das ist für die Kühe bestimmt. Die wollen doch sauberes Gras essen!", rief Mariele ihre Kinder.

Aber Max und Klara wollten nicht von den Kätzchen weggehen.

„Kinder, bitte!", fuhr Karl energisch fort.

Das half! Max und Klara verließen den Grashaufen, wobei sich Klara noch schnell ein kleines Kätzchen haschte und auf ihrem Arm trug. Aber das Kätzchen wehrte sich gegen die unliebsame Entführung und befreite sich von Klaras Arm. Es sprang auf den Boden hinab und huschte schnell wieder zurück zu den anderen Kätzchen. Max hielt noch immer seinen Drachen im Arm, weshalb er kein Kätzchen haschen konnte, obwohl er es gerne getan hätte. Rotwangig liefen die Kinder ihren Eltern entgegen.

„Ist das schön hier!", schwärmte Klara.

„Echt Klasse!", bestätigte Max.

„Hier gefällt es mir", hörten alle Yiss begeistert lispeln. „Ich glaube, ich warte noch ein wenig mit meiner Rückkehr."

Kapitel 21

Yiss lernt einen Bauernhof kennen

Fäh hatte sich endlich aus ihrem Transportkorb herausgetraut. Sie schlabberte ein wenig von der bereitgestellten Milch, ehe sie in der Wohnung auf Erkundungstour ging. Mariele hatte selbstverständlich ihr Lieblingskissen mitgebracht und auf eines der Fensterbretter gelegt. Dort fand die Familie die Katze, als sie vom Mittagessen im nahegelegenen Gasthof zurückkamen. Zuerst fuhr Fäh erschrocken hoch, da ihr hier alle Geräusche fremd waren. Aber als sie ‚ihre' Familie erkannte, beruhigte sie sich gleich wieder und legte sich umständlich auf ihrem Kissen zurecht. Ja, es stimmt. Katzen benötigen einige Zeit, um in einer neuen Umgebung sich heimisch zu fühlen. Klara ging auf Fäh zu und streichelte einige Male über ihr seidiges Fell.

„Weißt du, dass es hier auch kleine Katzen gibt?", fragte sie Schnurri. „Willst du sie kennenlernen?"

Obwohl Fäh sehr wohl verstand, was Klara sie fragte, gab sie keine Antwort. Sie hatte einfach noch keine Lust auf Abenteuer. Morgen vielleicht.

„So, was machen wir nun?", fragte Mariele unternehmungslustig.

„Ich lege mich auf den Liegestuhl am Balkon", und dabei streckte Karl sich ausgiebig und gähnte dazu. „Ich bin noch etwas müde."

„Na, und ihr?", wollte Mariele von Max und Klara wissen.

„Wenn das möglich wäre, möchten wir uns gerne weiter etwas auf dem Bauernhof umsehen. Kommst du mit uns, Mama?" Max ergriff bettelnd Marieles Hand.

„Na, gut. Da Papa ein Nickerchen halten möchte, gehe ich mit euch."

„Oh, prima!", riefen Max und Klara begeistert.

„Nicht so laut", mahnte Mariele.

Zu Karl gewendet meinte Mariele: „Leg dich etwas hin. Wir versuchen leise zu sein."

Karl gähnte bereits und ging ohne zu antworten auf den Balkon. Er fühlte sich nach dem üppigen Essen sehr müde. Außerdem hatte er vergangene Nacht wegen der Urlaubsvorbereitungen nur wenig geschlafen.

„Also, Kinder. Gehen wir." Mariele nahm jedes ihrer Kinder an der Hand, wobei Max seinen Drachen weiterhin fest im Arm hielt.

„Glaubst du nicht, dass du den Drachen langsam erdrückst?", fragte sie scherzhaft.

„Ich halte schon etwa aus", antwortete lispelnd Yiss für alle hörbar in ihren Gedanken.

Max und Klara gingen mit ihrer Mutter an der Hand die Treppe hinab und verließen das Haus. Zuerst wollten sie wieder die Kätzchen besuchen, aber die waren nicht in dem Vorraum zu finden. Wahrscheinlich hielten sie irgendwo ihr Mittagsschläfchen. So schlenderte die kleine Gruppe über den Bauernhof zur Scheune hinüber, ohne sich zu unterhalten. Plötzlich schoss von rechts ein kleiner Schatten an der Scheunenwand entlang. Ein Wiesel trug im Mäulchen eine Maus, die sie wohl ihren Jungen bringen wollte. Als es jedoch die Bewegung von Mariele und den Kindern wahrnahm, verlor es vor Schreck die tote Maus und brachte erst einmal sich selbst im nächstliegenden Schlupfloch in Sicherheit. Mariele gebot mit einem energischen „Scht" Ruhe. Wie angewurzelt blieben alle drei stehen und starrten fast atemlos ruhig auf das Schlupfloch, in dem das Wiesel verschwand. Kaum eine Minute später lugte sein Kopf hervor, sah nach links und nach rechts. Das Wiesel musste ein kleines Stück herauskommen, um die fallengelassene Maus packen zu können und verschwand wieder eilends mit seiner Beute im Schlupfloch.

Auch Yiss beobachtete durch Max' Augen das Wiesel.

„Was war denn das?", Yiss war sehr neugierig.

„Ich weiß es nicht", gestand Max.

„Das war ein Wiesel", erklärte Mariele. „Es hat wohl seine Jungen in der Scheune versteckt."

„Aber wieso nahm das W i e s e l die tote Maus mit?", bohrte Yiss weiter.

„Na, es muss doch seine Jungen füttern", antwortete Mariele.

„Mit einer Maus?", ekelte sich Yiss.

„Wiesel sind Fleischesser. Das ist nun mal so", beharrte Mariele.

„Eine komische Welt ist das bei euch", meinte Yiss resignierend.

Yiss nahm sich vor, nachts im Traum das Wiesel aufzusuchen. Er wollte das Tier näher kennenlernen.

So verging der Nachmittag, während Karl selig auf der Liege schlief und Mariele, Max und Klara sich auf dem Bauernhof umschauten. Sie streichelten und fütterten die Ziegen, die auf der Wiese zwischen den Obstbäumen eingezäunt waren. Sie kamen sich vor wie alte Freunde, so zutraulich benahmen sich die Ziegen. Am Ende der Scheune war ein großer Kaninchenstall angebracht, der mehrfach unterteilt war. Manchmal war nur ein Kaninchen, manchmal aber auch zwei in einem Abteil. Wie juchzten die Kinder, als sie schließlich ein Kaninchen mit fünf süßen, kleinen Babys entdeckten. Die Kaninchen waren etwa 3 Wochen alt und schon etwas neugierig. Sie mümmelten mit ihren Nasen am Käfiggitter, an das Max und Klara ihre Finger hinhielten. Eines wollte sogar am Finger von Klara knabbern. Erschrocken zog Clarence ihren Finger zurück.

„Ja, da musst du aufpassen", meinte Mariele. „Nager knabbern an allem, was du ihnen hinhältst. – Auch an deinem Finger."

„Glaubst du, dass sie Gras fressen wie die Ziegen?"

„Oh, das lass mal lieber sein. – Vielleicht bekommen sie Spezialfutter. Diese Kaninchen scheinen Zuchtkaninchen zu sein." Dabei suchte Mariele nach einem Hinweis ihrer Behauptung. „Ja, da oben. Seht ihr?" Mariele zeigte auf einen Rahmen oberhalb der Ställe. „Dort steht, dass eines der Kaninchen einen Preis gewonnen hat. – Aber welches, weiß ich nicht."

„Mama, wofür kann ein Kaninchen einen Preis gewinnen?", wollte Klara wissen.

„Ja, das möchte ich auch wissen", fragte Yiss.

„Nun, die Kaninchen müssen einen sogenannten Stammbaum vorweisen, also wer die Eltern, Großeltern und Urgroßeltern waren. Vielleicht sogar noch die Ur-Ur-Großeltern."

„Und wofür ist das gut?", bohrte Yiss nach.

„Hm, eigentlich nur für die Menschen, die diese Kaninchen prämieren. Die Menschen wollen damit zeigen, wie schön und rein ‚ihr' Kaninchen ist. – Aber dem Kaninchen ist es egal, glaube ich."

„Das verstehe ich nicht", gab Yiss zu.

„Ehrlich gesagt, ich auch nicht. Aber es ist eben so." Nach einer kurzen Pause, in der jeder seinen Gedanken nachging, nahm Mariele wieder ihre beiden Kinder an der Hand und ging mit ihnen weiter in Richtung Weide. Plötzlich war ein Schatten neben ihnen.

Prinz, der Schäferhund hatte sich kaum merklich zu ihnen gesellt. Er wedelte mit dem Schwanz, war jedoch ruhig und bellte nicht mehr.

„Was ist denn das eigentlich für ein Tier?", wollte Yiss nun endlich wissen.

„Das ist ein Hund!", riefen Klara und Max wie aus einem Munde.

„Aha", meinte Yiss. „Könnt ihr mir das näher erklären?"

„Ein Hund ist der beste Freund des Menschen, haben wir im Kindergarten gelernt", antwortete Max.

„Er ist treu und anhänglich", ergänzte Klara.

„Ein Hund kann sehr klein, mittel, so groß wie Prinz oder sogar noch größer sein", belehrte Mariele. „Er beschützt die Menschen, mit denen er zusammenlebt, vor allem Arg und Weh."

„Prinz, kannst du mich hören?", fragte Yiss neugierig den Hund, ohne dass die anderen es mitbekamen.

Der Hund blieb ganz plötzlich stehen und winselte.

„Was hat er denn?", fragte Klara.

„Ich glaube, Yiss unterhält sich mit ihm", mutmaßte Max.

„Du hast Recht", bestätigte Mariele. „Seht ihn an, wie verwirrt er wirkt."

„Yiss, lass das", befahl Max laut. „Hunde sind anders als Katzen."

„Ja, das stimmt. Genau das habe ich gerade herausbekommen", lispelte Yiss.

„Was hast du herausbekommen?", wollte Max nun wissen.

„Nun, ja. Prinz", und dabei lispelte er das ‚z' besonders stark, „denkt wie du und Klara. Nicht so kompliziert wie Mariele und

Karl. Er freut sich, dass ihr da seid und er von euch nicht weggestoßen wird, wie andere Besucher das mit ihm tun."

„Das ist gemein!", beschwerte sich Klara. „Wie kann man so etwas nur tun?"

„Vielleicht haben andere Angst vor so großen Hunden", vermutete Mariele.

„Ja, ich glaube, das kann stimmen", lispelte Yiss. „Prinz spürt, dass ihr Tiere mögt – und auch ihn, obwohl er euch anfangs ein bisschen einschüchtern wollte. Das muss er aber tun, weil das von seinen Leuten so verlangt wird, sagte er mir. Deshalb freut es ihn ganz besonders, dass ihr ihn trotzdem noch mögt."

Während der Unterhaltung sah der Hund von Max zu Klara auf Mariele und beobachtete ihre Reaktion. Offensichtlich ‚hörte' auch er, was Yiss gerade preisgab.

Mariele und die Kinder blickten erstaunt auf Prinz.

„Kannst du verstehen, was wir sagen?", fragte Max den Hund.

Der Hund winselte zur Antwort. Er ging zu Max und stupste mit seiner kalt-feuchten Nase den Arm, in dem Max Yiss festhielt.

„Was willst du damit sagen?"

„Kannst du ihn denn nicht verstehen?", lispelte Yiss ungläubig.

„Nein, das kann ich nicht. Bitte sag' mir doch, was er damit meint."

Yiss übersetzte also: „Prinz kann verstehen, was ihr sagt und was ich sage. – Ist doch klar!"

„Gut, dann bist du ab sofort unser Übersetzer, Yiss!", befahl Max.

Der Hund bellte laut vor Freude und lief heftig mit dem Schwanz wedelnd um die Gruppe herum. Das war ein Glückstag für ihn! Endlich verstand ihn jemand. Endlich konnte er sich verständlich machen. Hoffentlich blieben diese Menschen recht lange bei ihm. Er stupste jeden der Gruppe vor Freude mit seiner Nase an und sprang mehrmals um sie herum, bis er sich endlich wieder beruhigt hatte.

„Max, Prinz fragt, ob du mit ihm laufen willst", lispelte Yiss.

„Ja, gerne will ich das."

„Pass auf, dass du mich nicht verlierst", mahnte Yiss.

Und schon lief Max los. Yiss drückte er dabei fest an sich. Hinter ihm schoss Prinz daher und überholte den Jungen mit Leichtigkeit. Er lief wieder zurück zu den anderen und rannte Max nach.

Max lief so schnell er konnte den Weg entlang in Richtung Wald. Aber er war es nicht gewöhnt, länger zu laufen, kam atemlos am Waldrand an und setzte sich auf einen Baumstamm, der dort am Wegesrand lag. Prinz lief natürlich die Strecke mehrmals hin und zurück, bis er schließlich müde wurde, denn auch er war das Laufen nicht gewöhnt. Die meiste Zeit musste er auf den Hof aufpassen und durfte keine langen Strecken laufen. Atemlos legte er sich neben Max auf den Boden und ließ die Zunge heraushängen.

„Prinz dankt dir für das Spiel", übersetzte Yiss zum ersten Mal.

„Es war mir eine Freude", keuchte Max noch immer atemlos.

„Prinz möchte, dass du öfter mit ihm zum Wald läufst. Er darf nur nicht lange vom Hof wegbleiben, weil er ja darauf aufpassen muss. Aber gelegentlich ist das möglich. Willst du?"

Max streichelte über den Kopf des Hundes. „Gerne können wir das wiederholen. Ich freue mich darauf!"

Klara kam an der Hand ihrer Mutter langsam hinterher.

„Das kleine Menschenweibchen, er meint Clarence damit, scheint recht zart zu sein. Stimmt das, will Prinz wissen?", übersetzte Yiss weiter.

Max sah zu Klara. Zum ersten Mal in seinem Leben sah er sie mit anderen Augen. ‚Ja, das stimmt', dachte Max erstaunt. ‚Dass mir das nie aufgefallen ist? Clarence sieht sehr zerbrechlich aus.'

„Eure Mutter liebt euch sehr, meint Prinz. Er kann das gut spüren. Ein bisschen beneidet Prinz euch darum", übersetzte Yiss freimütig.

„Ich liebe Mama auch", gab Max flüsternd zu. „Und auch Clarence und Papa", ergänzte er. „Aber sag' ihnen das bitte nicht. Sie halten mich sonst für verweichlicht", bat Max Yiss.

Mehr Vertraulichkeiten zwischen Hund, Mensch und Drache wurden nicht mehr getauscht, weil Mariele und Klara schon auf Hörweite nahten.

„Na, gehen wir wieder zurück?", fragte Mariele. „Oder wollen die Herren weiter laufen?"

„Nein, wir haben Durst und gehen lieber zurück", antwortete Max, auch im Namen des Hundes.

Die ungleiche Gruppe schlenderte den Weg zum Bauernhof zurück. Der sehr warme Tag machte sie durstig und etwas müde, weshalb alle ihren eigenen Gedanken nachhingen und nur wenig sprachen. Für Yiss waren die vielen Gedanken der anderen sehr interessant und informativ. Doch jedes Mal, wenn er etwas fragen wollte, ‚hörte' er von einem anderen Gruppenmitglied Interessantes, bis er letztendlich vollkommen verwirrt war und nicht mehr zuhörte. Nur Prinz freute sich einfach darüber, würdige Gesellschaft gefunden zu haben. Er stellte vorerst keine weiteren Fragen, sondern genoss das Zusammensein mit Mariele, Klara, Max und natürlich auch mit Yiss. Als sie wieder zurück waren, entschuldigte sich Prinz, da er seine Beobachtungsrunde gehen musste. Doch vorher trank er aus dem Brunnen vor dem großen Bauernhaus eine Menge des klaren Wassers. Da das Wasser der naheliegenden Quelle, das in den Brunnen geleitet wurde, stets lief, war das Wasser angenehm kühl.

Für den Kuhstall war es am Nachmittag noch zu früh, weshalb die Bäuerin Mariele zum Kaffee und die Kinder zum Tee mit Kuchen einlud. Auch Karl gesellte sich zu ihnen. Mariele und die Kinder hatten auf dem Rückweg vom Wald zum Hof ausgemacht, nicht in Gegenwart von Außenstehenden über die Fähigkeiten von Yiss zu reden. Karl wurde daher erst vor dem Zubettgehen durch Mariele eingeweiht, dass Yiss die Gedanken von Prinz übersetzte. Karl war begeistert davon. Er mochte Hunde sehr gerne und er war deshalb schon sehr gespannt darüber, was sie noch alles im Urlaub erleben würden.

Am frühen Abend nahm die Bäuerin die Kinder mit in den Stall, wobei sie darauf bestand, dass Yiss nicht mit durfte. Er könne bekleckert werden, was nur sehr schwer auszuwaschen wäre, meinte sie. Max versprach Yiss, an einem der nächsten Tage heimlich mit ihm in den Kuhstall zu gehen, womit Yiss einverstanden war. Er saß dafür auf der Bank vor dem Haus und ließ sich von Prinz bewachen. Was die beiden miteinander sprachen, darüber wollen wir nicht reden. Denn jeder hat das eine oder andere Geheimnis, das andere nicht zu wissen brauchen.

Schließlich waren die Kinder nach dem Abendessen so müde, dass sie fast im Sitzen einschliefen. Karl und Mariele brachten Max und Klara ins Bett und auch sie legten sich bald schlafen. Die klare, warme Landluft brachte über alle einen wohligen Schlaf.

Yiss wollte sich mit Fäh ein wenig unterhalten. Aber auch sie wollte ihre Ruhe haben. Die anstrengende Reise im heißen Auto, die neue Wohnung und die neuen Gerüche und Geräusche verwirrten sie sehr. Sie hatte einfach noch keine Lust, aus sich herauszugehen.

Es blieb Yiss nichts anderes übrig, als sich zu gedulden.

Kapitel 22

Yiss trifft sich mit dem Wiesel

Da erinnerte sich Yiss wieder an das Wiesel. Er schickte einen Seelenkundschafter aus, um das Wiesel zu finden. Aber er fand nur die Jungen, die alleine gelassen herum tollten. Nach einer ganzen Weile kam das Wiesel zurück. Es trug abermals eine tote Maus im Mäulchen, die sie den Jungen vorlegte. Die Jungen balgten sich um die Beute. Yiss konnte das nicht mit ansehen und zog seinen Seelenkundschafter zurück. Was war das nur für eine Welt, in die er geraten war? Nach einer Weile überwand der kleine Drache seinen Ekel und sandte abermals seinen Seelenkundschafter in den Schlupfwinkel des Wiesels. Das Wiesel nahm zwar den Seelenkundschafter wahr, konnte sich aber nicht erklären, was das sein könnte. Zwischenzeitlich säugte die Wieselmutter die Jungen, da sie noch nicht ganz entwöhnt waren. Nicht mehr lange, dann mussten sie alleine zurecht kommen. Die sprunghaften Gedanken des Wiesels irritierten Yiss – doch es machte ihn auch neugierig. Irgendwann musste doch das Wiesel schlafen. Dann könnte er in seinem Traum erscheinen und sich mit ihm unterhalten, so wie er dies schon mit dem Straßenkater Jack, der Ratte Ripper und der Katze Fäh tat. Aber das Wiesel schlief nicht. Nur die Jungen wurden müde und nickten ein. Die Mutter machte sich auf den Weg und verließ wieder ihre Jungen.

‚So, nun warte ich, bis das Wiesel wieder zurück ist!' Yiss geduldete sich eine ganze Weile. Nach geraumer Zeit kam die Wieselmutter zurück. Diesmal ohne Beute. Sie war spielen, da Wiesel ungemein gerne spielen. Dazu hatte sie sich heute Nacht eine neue Blechkiste, die auf dem Hof stand, ausgewählt. Diese war gerade nach ihrem Geschmack. Sie sprang etliche Male über die Motorhaube bis zum Dach empor und ließ sich von dort über das Frontfenster über die schräge Motorhaube hinabgleiten, bis sie schließlich genug von dem Spiel hatte und zu ihren Jungen zurückkehrte. Etwas müde vom Herumtollen, fiel die Wieselmutter endlich in Schlummer. Darauf hatte Yiss gewartet. Er beobachtete erst, wovon das Wiesel träumte. Natürlich träumte es vom Spielen. Noch im Traum kletterte das Wiesel auf das neue Auto und rutschte hinab. Heißa, das machte Spaß! Plötzlich stand beim Herunterrutschen etwas komisch Schwarzes vor der Blechkiste. Das Wiesel konnte nicht mehr anhalten und rutschte mit vollem Karacho auf das Schwarze zu. Es landete auf einem weichen Bauch, auf dem das Wiesel von zwei kleinen Händchen festgehalten wurde.

„Du brauchst keine Angst vor mir haben", lispelte Yiss.

„Ich habe keine Angst vor dir. Aber wer und was bist du?"

„Ich heiße Yiss und ich bin ein Drache."

„Meine Freunde nennen mich Libby", sprach das Wiesel ebenfalls leicht lispelnd. „Was machst du da?", wollte Libby weiter wissen.

„Ich bin mit der Familie gekommen. Da in diesem Wagen." Yiss deutete mit seinen Nüsternspitzen auf Karls Auto.

„Das freut mich! Ehrlich. Die Blechkiste ist prima zum Rutschen! Bleiben die Menschen noch lange?"

„Ich weiß es nicht", gestand Yiss. „Vielleicht."

„Du kannst mich wieder herunterlassen", bat Libby den Drachen.

„Oh, entschuldige bitte."

Yiss lockerte seinen Griff um das Wiesel. Libby wand sich kurz in seinen Händchen und kletterte flink auf den Boden.

Das Wiesel richtete sich auf seinen Hinterbeinchen auf und sah Yiss an „So jemanden wie dich habe ich hier noch nie gesehen", gestand Libby.

„Es gibt auch sonst niemanden wie mich auf dieser Welt", erklärte Yiss stolz.

„Kommst du von weit her?", fragte Libby neugierig, denn auch Wiesel sind sehr neugierig.

„Hm, auch diese Frage kann ich dir nicht beantworten", musste Yiss erneut gestehen.

„Ist nicht wichtig, oder? – Wollen wir miteinander auf die Jagd gehen?", schlug Libby vor.

„Du meinst Mäuse jagen?"

„Ja! – Mäuse, Schlangen und was es sonst noch gibt."

Yiss schluckte schwer. Er wollte seine neue Freundin nicht beleidigen. Aber wie sollte er es ihr sagen, dass ihm davor ekelt? Da fiel ihm ein guter Gedanke ein.

„Bitte entschuldige, aber ich jage nicht, weil ich nichts zu essen benötige."

„Du isst nichts?", fragte Libby ungläubig.

„Ja, vielleicht bist du deshalb so klein. Ich habe gehört, dass Drachen viel, viel größer sein sollten. – Oh, entschuldige mein vorlautes Reden. Es war nicht böse gemeint."

„Ich bin ja auch ein Babydrache, weißt du."

Stolz wartete Yiss auf die Reaktion von Libby. Aber sie ging gar nicht darauf ein.

„Willst du mit mir spielen gehen?"

„Was spielen?", wollte Yiss wissen.

„Am Wasserlauf gibt es viele schöne Steine, mit denen wir gut spielen könnten", schlug Libby vor.

„Und deine Kinder?"

„Meine Kinder? – Oh je, meine Kinder!", rief Libby und verschwand. Sie war vor Schreck aufgewacht. Yiss blieb alleine zurück.

Und wieder einmal sehnte er sich nach seiner Insel, den dort lebenden Tieren und goldhäutigen Menschen zurück. Was sie wohl dort machen würden? Ob sie ihn vermissten? Ja, wie war das denn überhaupt? War er dort ohnmächtig? Oder noch schlimmer: war er dort tot?

Yiss erschrak zutiefst über diesen schrecklichen Gedanken. Was konnte er nur tun? Er musste mit Max reden. Oder noch besser, mit seinem Vater, Karl.

In der selben Sekunde befand er sich in Karls Traum. Der Vater von Max und Klara träumte gerade von ... von einer Insel. Er träumte von einer Insel, die Yiss sehr gut bekannt vorkam, denn es war ‚seine' Insel. Der kleine Drache erkannte die Menschen und einige seiner Tierfreunde. Nur wo war Karl?

„Karl, wo bist du?", rief Yiss verzweifelt.

Aber Karl war nur Beobachter dieses Traumes. Er befand sich nicht selbst darin. Und plötzlich war Yiss im Nichts; als wäre eine Seifenblase geplatzt. Karl fiel in Tiefschlaf, weshalb dieser wunderschöne Traum ein jähes Ende nahm.

Yiss liefen die Tränen hinab und verdampften in kleinen Wölkchen an seinen Nüsternspitzen. Das war ungerecht! Er hatte sich so gefreut, seine Insel wiederzusehen. Und dann war es plötzlich aus.

Ohne es wirklich zu wollen, schlich er sich in den Traum von Max und weinte darin weiter.

Max träumte davon, mit seiner Familie, den Stoff-Yiss im Arm und dem Hund Prinz spazierenzugehen. Hei, war das eine Freude! Yiss übersetzte alles, was Prinz ‚sprach'. Auf einmal stand Yiss leibhaftig vor ihnen und weinte und weinte. Plötzlich war alle Freude weg.

„Yiss!", rief Max freudig. „Ja, warum weinst du denn so?"

„Ich, ich ..." Yiss konnte vor lauter Weinen gar nicht weiter sprechen.

„Beruhige dich doch", bat Max den Drachen und umarmte ihn mit seinem freien Arm.

Aber Yiss weinte weiter. Nach einer geraumen Weile schluchzte er stockend: „Ich bin hier so allein, sniff. Ihr seid zwar alle sehr nett zu mir, sniff, trotzdem möchte ich wieder heim auf meine Insel, sniff."

Max erschrak im Traum. Aber er wachte deswegen nicht auf. Yiss' Leid ging ihm nah. Ratlos fragte er sich, wie er und seine Familie dem kleinen Drachen wohl helfen könnten. Da fiel es ihm plötzlich wie Schuppen von den Augen. Die ganze Familie musste den gleichen Traum träumen! Sie alle mussten sich die Insel, auf der Yiss lebte, vorstellen. Nur so könnte Yiss nach Hause kommen. Aber der Gedanke daran, dass Yiss sie verlassen würde, stimmte ihn sehr traurig.

„Hör mal, Yiss", begann Max, „Ich weiß jetzt die Lösung, wie wir dich heimschicken können. Aber du musst mich morgen früh daran erinnern, denn bis dahin habe ich es wieder vergessen."

Unvermittelt hörte Yiss auf zu weinen. „Was ist dir denn eingefallen?", fragte Yiss verzagt.

„Zuerst möchte ich dir sagen, dass es mir wahnsinnig leid tut, wenn du nicht mehr da bist. Ich werde dann lange Zeit sehr traurig darüber sein."

„Das verstehe ich", bestätigte Yiss. „Geht mir genauso."

„Also, ich meine, wenn wir alle, Mama, Papa, Clarence und ich, also, wenn wir alle gleichzeitig von deiner Insel träumen würden, glaubst du, es könnte klappen, dass du dann nach Hause kommst?", schlug Max dem Drachen vor. „Dazu brauchen wir natürlich deine Unterstützung, Yiss."

„Ja, wie denn?", fragte Yiss nun sehr neugierig.

„Du hilfst uns allen dabei, dass wir im Schlaf von deiner Insel träumen. Meinst du, das geht?"

„Das ist die Lösung!", rief Yiss lispelnd. „So machen wir das!"

Kleinlaut fragte Max seinen Drachenfreund: „Kommst du jemals wieder zu uns auf Besuch?"

Yiss musste überlegen. „Ja, ich glaube, das ist möglich. Wenn ich wieder daheim bin, fällt mir sicherlich etwas ein. Außerdem wissen meine Menschenfreunde vieles, was ich noch nicht weiß. – Und vergiss nicht: Liebe vermag alle Schranken zu überwinden."

„Das wäre schön, wenn es klappt", wünschte sich Max. „Wann meinst du, können wir starten? Heute Nacht noch?"

Yiss schüttelte den Kopf, wie er es von Max abgeschaut hatte. „Nein, Max. Erst möchte ich mich von allen meinen neuen Freunden verabschieden, außer von Jack und Ripper. Denen lass bitte über Fäh liebe Grüße von mir ausrichten. Fäh kennt beide."

„Wann möchtest du gehen?"

„Ich glaube, morgen abend genügt", lispelte Yiss. „Und nun schlafe noch ein wenig. Die Nacht ist bald vorbei."

Max fühlte sich unendlich erleichtert. Er hatte also Yiss noch den ganzen nächsten Tag für sich.

„Oh, Yiss!", seufzte Max aus tiefster Seele. Tränen stiegen ihm in die Augen.

„Ich werde dich sehr vermissen", gestand er seinem Drachenfreund.

„Ich dich auch, Max", hauchte lispelnd Yiss. „Ich dich auch."

Kapitel 23

Yiss kehrt nach Hause zurück

Max fiel bald darauf in Tiefschlaf und ließ Yiss allein zurück. Aber für Yiss war es nun nicht mehr so schlimm. Wenn es funktionierte, würde er bald wieder daheim sein auf seiner Insel. Er würde alle seine Freunde treffen. Oh, was hatte er ihnen alles zu erzählen.

Obwohl er innerlich sehr froh darüber war, stimmte es ihn doch etwas traurig, all seine neu gewonnenen Freunde zurücklassen zu müssen. ‚Nun, so ist das eben im Leben', dachte der kleine Drache

Nach einiger Zeit dämmerte der Morgen. Die Vögel begannen ihre Lieder zu trällern und zu zwitschern.

‚Dieses Vogelkonzert ist anders als auf meiner Insel', bemerkte Yiss. ‚Ich habe keinen einzigen dieser Vögel hier kennenlernen können', bedauerte er. ‚Aber halt! – Es ist ja noch lange Zeit bis zum Abend.'

Yiss suchte mit einem Seelenkundschafter nach den lustigen Vögeln. Endlich fand er einen, dem er zuhören konnte. Es war ein Rotkehlchen. Davon hatte Yiss jedoch keine Ahnung. Der kleine Drache hörte aufmerksam dem lauten Zwitschern des kleinen Vögelchens zu. Yiss brauchte viele Minuten, bis er einigermaßen verstand, was der Vogel sagen wollte. Das Vogelmännchen sang von seiner Vogelfrau, die er liebte. Außerdem trällerte er hinaus, dass seine Kinderchen bald da sein werden und dann hätte er nur noch wenig Zeit zum Singen.

Auf einmal wurde es still. Ein Warnpfiff ertönte laut. – Was war nun wieder los? Yiss schickte seinen Seelenkundschafter umher, damit er erforsche, was passiert wäre. Aha! Ein gefährlicher Vogel, ein Falke strich um den Bauernhof herum und suchte nach leichtsinnigen kleinen Vögeln, die er jagen könnte. Aber diesmal erhaschte er keinen. Alle Vögel waren gewarnt und passten gut auf.

Zum x-ten Male fragte sich Yiss, in welche Welt er nur geraten war.

Die Sonne stieg golden am Horizont in einen stahlblauen Himmel empor. Die Strahlen wärmten angenehm und stachen bald heiß herab. Die Bäuerin, Frau Resi, ging in den Stall, um die Kühe zu melken und die Kälber zu versorgen. Ihr Mann, der Bauer, musste heute am Sonntag nicht zur Arbeit. Trotzdem stand auch er bald auf und half seiner Frau im Kuhstall. Danach wuschen sie sich und fuhren mit dem Auto zur Kirche in die Heilige Messe – ohne Frühstück. Das gab es erst danach.

Max wachte früh auf. Er lag mit offenen Augen im Bett und versuchte sich an seinen Traum mit Yiss zu erinnern. Irgend etwas Wichtiges hatten sie entschieden. Was war es doch gleich wieder? Max grabschte nach seinem Stoffdrachen und klemmte ihn sich in die Armbeuge.

„Guten Morgen, Yiss", flüsterte er ihm zu.

„Hallo Max. Was für ein herrlicher Tag!", lispelte Yiss nur in Max' Kopf.

„Ich habe in der Nacht von dir geträumt, kann mich aber nicht mehr erinnern, worum es ging. – Kannst du mir sagen, was los war?"

„Ja, das kann ich. Hat das noch etwas Zeit? Ich möchte mit dir gerne in den Hof zu Prinz gehen."

„Das ist eine gute Idee", antwortete Max, deckte sich ab und stand auf. So wie er war, im Schlafanzug, schlich er mit Yiss im Arm leise aus dem Zimmer, schloss ebenso leise die Türe hinter sich und wollte aus der Ferienwohnung hinaus. Abgeschlossen! Fäh beobachtete träge Max von ihrem Schlafplatz aus. Gut, der Schlüssel steckte. Max drehte den Schlüssel im Schloss um, öffnete die Türe, schloss sie so leise wie möglich hinter sich – und schon war er auf dem Weg zu Prinz – barfuss. Er hatte seine Hausschuhe vergessen.

‚Macht nichts', dachte er. ‚Ich muss mich später ja sowieso waschen.'

Mit leise patschenden Füßen trat er durch die offen stehende Haustüre auf den Hof hinaus. Max konnte nichts sehen, so sehr blendete ihn die Sonne. Nach einer Minute etwa waren seine Augen an das grelle Licht gewöhnt und er suchte nach dem Hund.

„Weißt du, wo Prinz ist?", fragte er Yiss.

„Hm, warte kurz." Yiss schickte seinen Seelenkundschafter los und fand den Hund kurz darauf hinter dem Kuhstall in der Nähe des Misthaufens, wo er sein Geschäft verrichtete.

„Prinz ist hinter dem Kuhstall. Er kommt aber sicher gleich zurück. Warte ein bisschen."

„Puh, ist das hier heiß in der Sonne." Max wischte sich unwillkürlich über die Stirn.

„Wir gehen da hinüber in den Schatten." Mit diesen Worten ging er mit Yiss im Arm zum Obstgarten hinüber. In der Nähe der Ziegen stand eine einladende Holzbank im Schatten, auf die er sich setzte. Aber Max ließ Yiss nicht los. Er behielt den Stoffdrachen fest in der Armbeuge. Die Ziegen nahmen nur wenig Notiz von ihnen, da sie sich alle über einige trockene, altbackene Semmeln hermachten, die ihnen überaus gut schmecken mussten.

Nach wenigen Minuten trottete Prinz heran. Von seinem großen Maul tropfte noch Wasser hinunter. Dies würde ein heißer Tag werden, wusste der Hund. Deshalb machte er lieber jetzt gleich seine Runde. Hunde sehen zwar schlecht, dafür riechen sie um so besser. Als Prinz um das Hauseck strich, roch er Max mit Yiss im Arm schon von weitem. Er bellte einmal kurz auf, erfreut über den überraschenden Besuch des Jungen. Freudig wedelte er mit dem Schwanz, als er auf Max zukam. Er stupste ihn mit seiner nassen Schnauze zur Begrüßung.

„Prinz freut sich darüber, dass du so früh aufstehst. Er lässt fragen, ob du gut geschlafen hast?", übersetzte Yiss.

Max streichelte über den Kopf des Hundes. „Danke, ich habe sogar sehr gut geschlafen", antwortete Max. Der Hund ließ es sich gefallen, dass der Junge ihm über den Kopf strich, obwohl es ihm ganz recht gewesen wäre, wenn Max ihn etwas hinter den Ohren gekrault hätte. Yiss fing den Gedanken auf und gab ihn an Max vertraulich weiter. Sofort fing Max an, den Hund hinter den Ohren zu kraulen. Prinz schien dies überaus behaglich zu sein.

„Ich muss euch beiden etwas sagen", begann Yiss vorsichtig.

„Was gibt es denn Wichtiges?", fragte Max.

Der Hund spitzte die Ohren.

„Also, heute Nacht haben wir in deinem Traum beschlossen, dass du und deine Familie mich nach Hause bringen wollt", lispelte Yiss. „Ich will mich deshalb bei euch allen gebührend verabschieden, ehe ich gehe", gestand der kleine Drache.

Das war ein Schock für Max und Prinz. Der Hund winselte und Max stiegen die Tränen in die Augen.

„Muss das schon heute sein? Kannst du nicht noch ein bisschen damit warten, bis wir wieder heimfahren müssen?", bettelte Max.

Yiss wusste nicht, was er antworten sollte. So schwer hatte er sich den Abschied nicht vorgestellt. Auch der Hund bettelte ihn an, er möge es sich doch noch überlegen. Endlich sei jemand da, mit dem er sich wirklich unterhalten könne und der für ihn zu den Menschen reden kann. Und da wolle er schon wieder gehen?

„Bitte, seht doch ein, dass ich mich nach Hause sehne", verlegte sich nun auch Yiss aufs Betteln. „Ich hab' euch ja alle sehr, sehr lieb. Doch ich möchte auch gerne wieder daheim sein. Ich vermisse meine Insel mit all meinen Freunden darauf."

Max schluchzte. „Ja, natürlich kann ich das verstehen, Yiss. – Mir würde es genauso gehen. Auch ich würde meine Familie vermissen."

Prinz legte seinen Kopf auf Yiss kleine Beinchen. Er zeigte ihm damit sein Mitgefühl. Aber lieber wäre es ihm doch, wenn er bliebe. Die ungleiche Gruppe machte einen sehr traurigen Eindruck.

„Max! Ma-ax!", hörte der Junge seine Mutter rufen.

„Mama ruft mich", sagte er zu Yiss und dem Hund. Laut antwortete er seiner Mutter: „Hier bin ich, Mama! – Hier bei den Ziegen!"

Mariele ging mit ihrem Morgenmantel bekleidet und in Hausschuhen zu den Obstbäumen. Erst als sie näher kam, sah sie, dass Max weinte.

„Was ist denn los?", wollte sie wissen und setzte sich neben Max. Sie umarmte ihn mit einem Arm und streichelte abwesend den Kopf des Hundes.

„Mama, stell dir vor: Yiss möchte uns verlassen. Heute noch!" Und schon wieder schluchzte und weinte Max weiter.

„Aber Junge, das ist doch nicht so schlimm. Yiss wird eben Sehnsucht nach seinem Zuhause haben, nicht wahr Yiss?"

„Danke, dass mich wenigstens einer versteht."

Mariele hob das Kinn von Max hoch und sah ihm in die verweinten Augen. „Freu dich doch, wenn Yiss heim kann. Du wärst doch auch froh, wenn du er wärst. – Und dann hast du ja immer noch Yiss bei dir – als Stoffdrache."

Aber dieser Trost ging daneben. Max heulte noch viel schlimmer über die Vorstellung, Yiss zu verlieren. Der Stoffdrache wäre ja dann nur eine leere Hülle.

Schließlich tat Max sogar dem Hund leid. Prinz legte ihm zum Trost eine Pfote auf das Knie und das half dann ein wenig, dass Max sich langsam beruhigte.

„Danke, Prinz. – Du bist ein wahrer Freund", schluchzte Max.

„Oh, das tut weh", beschwerte sich Yiss. „Wir bleiben doch weiterhin Freunde."

„Ja, aber wenn du nicht da bist, wie können wir denn da befreundet sein?"

„Glaube mir: ich finde einen Weg, wieder zu euch zu kommen. Vielleicht sogar wirklich", stellte Yiss in Aussicht.

„Du meinst lebend?", fragte Max lebhaft.

„Genau das meine ich", bekräftigte Yiss.

„Das wäre doch prima! Nicht wahr, Mama?"

Mariele nickte zweifelnd mit einem „Mh" dazu. Sagte aber weiter nichts, sondern dachte sich ihren Teil.

„Warum hast du das nicht gleich gesagt, Yiss?"

„Du hast mich ja nicht ausreden lassen", beschwerte sich Yiss bei Max.

„Und der Erste, bei dem ich mich verabschieden möchte, ist Prinz", lispelte Yiss nun zuversichtlich.

„Ich hoffe, du bist mir nicht böse Prinz, wenn ich dich so früh schon wieder verlasse. Aber glaube mir: die Menschen, die dich verstehen wollen, lernen das schon. Die anderen wollen nur nicht."

Die Antwort von Prinz gab Yiss nicht weiter. So erfuhren Mariele und Max nicht, dass Prinz dies schon lange wusste.

„Komm, Max", munterte Mariele ihren Sohn auf. „Gehen wir ins Haus zurück. Nach dem Frühstück überlegen wir, was wir heute unternehmen wollen."

„Aber Mama!", protestierte Max lautstark. „Hast du nicht zugehört? – Yiss geht heute!"

„Oh, doch. Ich habe es vernommen. Bis dahin ist aber noch viel Zeit. Es ist besser, diesen schönen Tag zu nützen. Verabschieden werden wir uns dann später. – Und jetzt auf. Das Frühstück wartet auf uns!"

Prinz verstand es, sich still zu verziehen und trabte seine Runde weiter ab, während Mariele mit Max ins Haus ging, wo sie von Karl und Klara und natürlich auch Fäh bereits zum Frühstück erwartet wurden.

Etwa eine Stunde später stieg die Familie in ihr Auto und fuhr weg. Sie wollten sich heute das Wimbachtal am Fuße des Watzmanns ansehen. Frau Resi, die Bäuerin, empfahl ihnen diese leichte Tour für den Beginn. Auch die Kinder hätten einiges davon, meinte sie. Aber sie sollten nicht zu lange weg bleiben, da das Wetter wohl umschlagen würde und ein schweres Gewitter zu erwarten sei. Karl und Mariele konnten es nicht glauben, vertrauten jedoch der Erfahrung einer Einheimischen und versprachen, nachmittags zurück zu sein.

Sie besichtigten zuerst die Wimbachklamm, die zwar kurz, aber dafür um so schöner war. Das eisblaue Gletscherwasser beeindruckte sie alle zutiefst. Außerdem war es bei der Hitze in der Klamm angenehm kühl und feucht. Nachdem sich die Kinder satt gesehen hatten von der beeindruckenden Wildheit der Klamm, gingen sie den Weg aufwärts, am Wimbachschloss vorbei bis zum Wimbachgrieß. Ein sehr eigentümliches Naturschauspiel, obwohl der Steinfluss für das Auge nicht sichtbar floss, so konnte jeder die Spuren erkennen, die dieser restliche Gletscherfluss – vom Gletschereis sei unterirdisch noch einiges vorhanden – an den Rändern verursachte. Es mussten sogar Bremsblöcke an den Rändern erbaut werden, damit nicht zu viel von der Vegetation zerstört würde. Eine Ruhebank nahe dem Fluss etwas weiter oben war bereits fast vollständig von dem langsam dahinziehenden Steinfluss begraben. Ehrfürchtig betrachtete die Familie diese Naturgewalt, die sich zwischen den Bergmassiven des Watzmanns und Hochkalters abspielte und wovon sie bisher nichts wussten.

Yiss, der mit dem Kopf aus dem kleinen Rucksack, den Max auf dem Rücken trug, heraussehen konnte, war von der wilden Schönheit dieser Bergwelt überwältigt. Er sah den Vögeln nach, beobachtete Eichhörnchen, die von den anderen nicht wahrgenommen wurden und er sah sogar einen kleinen Fuchs aus dem Unterholz hervorlugen. Max und Klara waren selbst von der vielfältigen Natur um sie herum gefordert und fragten ihre Eltern ein um das andere Mal, was das für eine Blume sei, wie jener Schmetterling heiße, was das für Bäume um sie herum waren, wie die Berge alle hießen und vieles mehr. Karl und Mariele beantworteten die Fragen ihrer Kinder, so gut sie es vermochten. Aber auch sie kannten nicht alle Namen der Tiere und Pflanzen, denn sie waren als Stadtmenschen beide nicht sehr bewandert darin.

Am Wimbachgrieß angekommen überlegten sie, ob sie den Steinfluss überqueren und weiter aufsteigen oder ob sie Brotzeit halten und umkehren sollten. Sie entschieden sich dafür, wenigstens in die

Mitte des Grießes zu gehen und dann umzukehren. In der Mitte des Grießes hatten sie eine überwältigende Aussicht über den Steinfluss auf den entfernten Untersberg hinter ihnen. Überwältigend deshalb, weil dort bereits eine schwarze Gewitterwand hinter dem Berg zu erkennen war, aber der Berg, noch von der Sonne hell beschienen, sich strahlend von der dahinterliegenden bedrohlichen Gewitterwand abhob.

„Ich glaube, wir sollten eilends zurückgehen und die Brotzeit im Wimbachschloss oder wenn möglich erst im Auto einnehmen", drängte Karl. „Hatte Frau Resi also doch recht behalten", grummelte er.

Mariele stimmte dem Vorschlag zu und auch die Kinder gaben klein bei. Alle hofften, noch trocken zurückzukommen. Kaum hatten sie das Wimbachschloss passiert, hörten sie entfernt Donnergrollen. Die Blitze konnten sie noch nicht sehen, da ringsum Bäume standen, die ihnen die Sicht verwehrten. Mariele nahm Klara fest an die Hand und Karl Max. Dann beschleunigten sie ihre Schritte und liefen beinahe den Weg hinab. Als sie die Teerstraße erreichten, pfiff ihnen ein scharfer Wind entgegen. Aus den bedrohlich, grün schimmernden Wolken blitzte und donnerte es schon sehr nahe. Doch Karl entschied, dass sie das Auto erreichen wollten, auch wenn es schon ein wenig regnen sollte. Er fühlte sich darin einfach sicherer. Noch trockenen Fußes erreichten sie ihr Fahrzeug. Jedoch statt des erwarteten Regens fühlte sich die Luft plötzlich überaus trocken an, als wäre alles Wasser aus der Umgebung gesaugt worden. Die Blitze zuckten einer nach dem anderen aus den Wolken und die darauffolgenden Donner ließ die Atmosphäre rings um sie herum erzittern. Karl sperrte den Wagen auf und alle sprangen schnell hinein. Er wollte eben den Motor starten und losfahren. Da zuckte ein besonders greller Blitz vom Himmel und schlug in der Nähe des Wagens ein. Die Wucht des Donners war ohrenbetäubend und ließ das Auto richtig wackeln. Klara fing aus Furcht vor dem heftigen Gewitter zu weinen an. Sie zwickte ihre Augen ganz fest zusammen und stopfte sich die Finger in ihre Ohren. Auch Max war es mulmig geworden. So ein heftiges Gewitter hatte er auch noch nie kennengelernt. Er umarmte beschützend seine Schwester und hielt sie fest. Vielleicht auch ein bisschen deshalb, um seine aufsteigende Angst nicht zu zeigen. Im anderen Arm umklammerte er den Rucksack, in dem der Stoffdrache steckte.

„Sieh doch!", rief Mariele und stieß Karl ihren Arm in seine Seite. „Was ist denn das?"

Unzählige winzige, grüne Flammenzüngelchen liefen auf dem Autoblech auf und ab. „Elmsfeuer wird dies genannt", erklärte Karl dieses seltene Naturschauspiel und freute sich, dass er es selbst erleben konnte. Es war unheimlich, aber gleichzeitig auch überwältigend schön.

„Macht jetzt bloß nicht die Türen auf!", schrie er besorgt. „Hier drinnen sind wir sicher", ergänzte er.

Yiss meldete sich kleinlaut: „Genauso hat es bei mir geblitzt und gedonnert, bevor ich zu euch kam. Ich glaube, jetzt ist der Abschied gekommen."

„Yiss! Yiss, bitte bleib bei mir!", bettelte Max flehentlich. Dabei ließ er Klara los und hielt den Rucksack mit Yiss darin mit beiden Händen vor sich.

Klara war erschrocken, weil Max sie einfach losließ und öffnete ihre Augen wieder.

„Auf Wiedersehen, Max. – Du bist mir ein lieber Freund gewesen", begann Yiss für alle hörbar lispelnd.

„Yiss, gehst du wirklich nach Hause?", fragte Klara leise.

„Ich glaube schon, Clarence. – Hab doch nicht so viel Angst vor Gewittern. Mit jedem Blitz kannst du in eine andere Lebensblase hinübersehen. Das ist doch schön!“ Yiss versuchte damit, Klara aufzumuntern.

„So habe ich das noch nie gesehen“, gestand Klara erstaunt. Ihre Angst vor den Blitzen wurde etwas weniger und machte sie sogar ein bisschen neugierig, aber die lauten Donnerschläge ließen sie immer noch vor Furcht erzittern.

„Auf Wiedersehen Karl und Mariele. – Ihr seid eine liebe Familie und ich werde euch alle vermissen. – Richtet bitte Fäh einen schönen Gruß aus“, bat Yiss.

„Wir wünschen dir eine gute Reise“, sprach Karl unbeholfen. Er wusste einfach nicht, was er sonst sagen sollte.

„Mach es gut“, wünschte Mariele fürsorglich.

„Und wenn du kannst, besuche uns bald wieder!“, bat ihn Max zum Schluss.

„Natürlich komme ich euch besuchen, sobald ich meine Idee ...“, lispelte Yiss.

Mitten im Satz blendete erneut alle ein greller Blitz, dem ein lauter Donnerschlag folgte.

„Yiss, was wolltest du sagen?“, fragte Max nach.

Aber von Yiss kam keine Antwort mehr.

„Yiss!“, schrie Max, wohl ahnend, dass der kleine Drache nun endgültig weg war.

Der Junge zerrte an den Bändern des Rucksacks, holte schnell den Stoffdrachen heraus und drückte ihn ganz fest in seinen Armen. Er hoffte, dass Yiss sich über die feste Umarmung beschweren würde. Aber er hörte nichts. Unvermittelt stiegen ihm die Tränen in die

Augen. Eine Träne nach der anderen floss über sein Gesicht und tropfte auf Yiss, der davon richtig nass wurde. Zur gleichen Zeit begann es außerhalb des Autos zu regnen. Große Wassertropfen platschten auf das Auto, dass es nur so prasselte.

Klara begriff nun auch, dass Yiss nicht mehr hier weilte. Sie vergaß darüber ganz das heftige Gewitter, das schon weiter gezogen war, und weinte ebenfalls.

Selbst Mariele war den Tränen nahe, denn auch sie hatte den kleinen Drachen lieb gewonnen.

„So, ich glaube, wir können fahren", unterbrach Karl die traurige Stimmung, die im Wagen herrschte. Er startete den Wagen und fuhr langsam durch den herabprasselnden Regen zu ihrer Ferienwohnung zurück. Der Kern des Gewitters war schon weit weg, weshalb die Blitze zunehmend entfernt wahrzunehmen waren und die Donner bereits leise grollten, was man im Auto durch den starken Regen nicht hören konnte. Der Regen ließ bereits während der Fahrt nach und bald darauf lugte die Sonne zwischen den ausgeregneten Wolken hervor. In dem Moment, als sie den Bauernhof erreichten, zog ein Regenbogen seine hohe Bahn und strahlte in den schönsten Farben. Doch weder Max, noch Klara, noch Mariele kümmerte dies. Sie stiegen alle drei traurig aus dem Auto. Karl bewunderte den Regenbogen und hielt dies für ein gutes Zeichen. Vielleicht würde sie der kleine Drache doch noch einmal besuchen kommen und sich wieder rege an ihrem Leben beteiligen. Natürlich vermisste auch Karl den kleinen Drachen, der ihm zeigte, dass zwischen Himmel und Erde doch vieles möglich war, was sich ein Mensch kaum vorzustellen vermag.

„Hi, hi, hi", hörte Karl es in seinem Kopf kichern.

‚Nun höre ich auch noch Yiss' Stimme in meinem Kopf', dachte er verdrießlich.

„Jetzt aber Schluss mit den trübseligen Gedanken", sprach Karl laut aus. Er meinte damit die ganze Familie. „Schließlich haben wir Ferien, die wir alle noch sehr genießen werden. So wie ich Yiss kennengelernt habe, findet er bestimmt eine Möglichkeit, uns eines Tages zu besuchen."

Karl umschlang freudig Mariele an der Schulter und sie legte ihren Arm um seine Hüfte. Mariele fasste Klara an der Hand, Karl umfasste Max an der Schulter und Max drückte den Stoffdrachen im Arm fest an sich. Vereint sahen sie zuversichtlich neuen Abenteuern mit Yiss entgegen.

Aber das ist eine andere Geschichte.

Maria Forster

Seit ihrer Schulzeit schreibt die Autorin Kurzgeschichten, Gedichte für viele Gelegenheiten, Romane unterschiedlicher Art sowie altbayerische Theaterstücke.

Seit ihrer Jugend fühlte sich die inzwischen 49-jährige, naturverbundene Chefsekretärin als Vermittlerin zwischen allen Lebewesen. Sie versucht, hinter den Fassaden aller Wesen deren Beweggründe zu erforschen.

Intensives, über zwanzig Jahre langes Yogastudium sowie Kartenlegen und Chirologie (Handlesen) eröffneten ihr eine besondere Sicht, was auch Geschäftsinhaber und Führungskräfte zu schätzen wissen.